惊蛰

蘭若 —— 著

沈阳出版发行集团
沈阳出版社

图书在版编目(CIP)数据

惊蛰/蘭若一 著. —沈阳:沈阳出版社,2017.5
ISBN 978-7-5441-8441-0

Ⅰ.①惊… Ⅱ.①蘭… Ⅲ.①言情小说—中国—当代 Ⅳ.①I247.5

中国版本图书馆CIP数据核字(2017)第115402号

出版发行:沈阳出版发行集团 | 沈阳出版社
(地址:沈阳市沈河区南翰林路10号 邮编:110011)
网　　址:http://www.sycbs.com
印　　刷:北京盛通印刷股份有限公司
幅面尺寸:130mm×185mm
印　　张:9.25
字　　数:170千字
出版时间:2017年6月第1版
印刷时间:2017年6月第1次印刷
责任编辑:高玉君
封面设计:粉粉猫
版式设计:刘雪芹
责任校对:彭力胜
责任监印:杨　旭

书　　号:ISBN 978-7-5441-8441-0
定　　价:28.00元

联系电话:024-24112447
E-mail:sy24112447@163.com

本书若有印装质量问题,影响阅读,请与出版社联系调换。

写在爱情之前

滕华涛

起手写下这篇序的时候,正值北京的冬天。这本来和《惊蛰》的小说是违和的,毕竟"惊蛰"嘛,应该是万物复苏、春回大地的时刻,通常,是三月。

但阅读蘭若一的《惊蛰》时,百转千回的情节还是把我拉回到了现在这个灰蒙蒙的、涩滞的北京。这种阅读体验很奇妙:明明故事写的是爱情,作者却很少花笔墨来描写故事发生地北京的景致,也没有一处是标明一些地标性的建筑,更没有什么渲染花在形容这座城市上了。可是你在阅读的时候,时时刻刻都能感觉到这座城市的存在,甚至随时能够有一条道路、一片区域从中呼之欲出,真切地看到它的存在。合上小说的时候闭目思考,为什么一部爱情小说能带给我如此的阅读体验呢?

也许是因为"人"。

《惊蛰》中,那些人的爱恨情仇像隐形的种子,种下深情与惆怅，令人唏嘘嗟叹。那一幅幅画面，似现实又似曾经，如电影般一幕幕闪过。哪些该原谅，哪些该遗忘，哪些该封存，哪些该生根发芽，饶过的别人，是否就是曾经放过的自己？

蘭若一笔下的鹿一冉、艾徊、穆子维、祖辰、倪唐、倪未央，在我看来一定是属于北京的。她的娓娓倾诉使我会心一笑，这些人的兜兜转转相爱相杀，人声鼎沸时刻莫名没有来由的孤寂冷漠，满目疮痍的生活中各色活色生香的人群拥挤在雾霾中，跟苍白的日子亦妥协亦挣扎但偶尔也会呐喊，人性的善恶在一念缘起一念缘灭……

没错，这就是北京！只有在此拼杀过的人，才会用人写这个城市，用爱情写仇恨，用生死离别写一个严密编织的情节小说的关系网，曾经陪他们一起奋斗的人换了一拨又一拨，但《惊蛰》里的这些人依然在顽强地、近乎野蛮地生长着。他们在这座城市里爱着、厮杀着、长大着、伤害着……

但似乎只有留下来继续，才是对之前的自己有了最好的交代。

心理学家说，杏仁核主管情绪的记忆与意义，而海马回（似乎也称为海马回沟）则是一个情绪记忆库，用来进行信息的比对。也就是说，海马回管的是客观事实，杏仁核则负责情绪意义，同时也掌管着恐惧感的中枢。如果只留下了海马回而切掉了杏仁核，这个时候有一把枪顶在了你的头上，你会思考这应该是个危险的事，但就是无法感到恐惧害怕，也做不出恐惧的反应和表情，所以，枪响了。

在《惊蛰》里，我经常会在阅读的时候偷想一下，如果我切掉了鹿一冉或者艾彻的杏仁核之后会怎样？或许蘭若一会被我的构想无奈，或许蘭若一会重组她的故事结构，那该如何编织这套复杂的因爱而起的情节网呢？也许跟我一起阅读这个小说的心理学家会很有兴趣。

2016年12月21日

自序

我准备过很多个提纲和故事线索，写在纸上，画在白板上，然后，在那里一放就是一两年，纸张找不到了，白板上的字迹都开始干裂褪色。每次路过的时候看看，开始还会和其中一个名字或情节对视几秒，后来就跟瞥过一眼放在旁边的衣架一样稀松平常。

后来我开始慢慢有意无意地忽略这件事，因为我发现自己越来越害怕。故事里想写的那部分人都开始发生变化，变成距我记忆中越来越远的样子。我不再爱他们或者恨他们，也不想再履行那些许过的承诺，他们对我的期待估计也已消失殆尽。

我们之间失去了联系。

不是能够找到对方的那种，是再也无所谓见到对方的那种。

  于是我开始严重地自我怀疑,我都曾与些什么人在彼此交集。我知道感情是不可能一成不变的,变浓或者变淡都是有的,但是如何会变成连去提起都变得没必要的样子,连点儿情分都快没剩下。我甚至都不怕带着自己现在的先生和他们坐在一起谈笑风生,转身就不存在于话题之中,甚至不如街边买过几次糖炒栗子的那个小贩。

  是不是最失败的感情不是害怕相见,而是可以自如相见。

  现在,在今天这样一个随便的阴沉的下午,我忽然就想开始写这些故事了,不然,我岂不是让别人把我那些年都带走了。

  我自己可是一步一步活到今天的。

CONTENTS

目　录

001 | **写在爱情之前**

005 | **自　序**

001 | *Chapter 1* **鹿一冉**

在我还没跟自己好好谈清楚之前，时间对我没有意义，我不想再因为被它绑架而做出任何决定。

023 | *Chapter 2* **艾徊**

我转过脸去看着眼前这个眼睛小小但睫毛很长的男子，30多岁的样子，他穿的那件浅灰色的毛衫看起来舒服极了。

103 | *Chapter 3*　**半泽景子**

我尖叫一声站起身想要爬上池边,景子顺势一把搂住我的腰,仰起脸看着我,脸颊被水温染得红扑扑的,眼睛里闪烁着祈求的目光。

137 | *Chapter 4*　**穆子维**

他抡起桌上的啤酒瓶一下拍在自己的头上,直愣愣地盯着我说:"我浑蛋!我不是人!行了吧!这下你满意了吧!"

175 | *Chapter 5*　**祖辰**

就算此生不复相见,我也不想让自己以这副臃肿而不着修饰的样子直挺挺地暴露在这个浑身散发着光芒的男明星面前。

221 | *Chapter 6* 倪未央

我看着面前浑身还透着一股学生气的小姑娘,干干净净的,根本无法对应她在我生活中扮演的角色。

247 | *Chapter 7* 穆予恩

那婴孩停止了抽泣,用好奇的眼神看着我,我伸出双手,感觉那温度和重量一点点完全被我捧入怀中,眼泪一下子涌了出来。

269 | *Chapter 8* 后来

所有的出走都是为了坦然地归来,我们终究是需要安定的动物,路上的怦然心动总是需要以大段的寂寞和跋涉为代价才能遇见,那不是人生常态。

Chapter 1

鹿 · 冉
LU YI RAN

在我还没跟自己好好谈清楚之前,时间对我没有意义,我不想再因为被它绑架而做出任何决定。

1

当倪未央坐在我面前的时候,我几乎有些后悔出门前将近两小时的梳妆打扮。她就穿了件宽大的羽绒服和雪地靴,素面朝天。

"你能不能帮我买份三明治,我早晨到现在还没吃饭。"

我坐在那里看着她,她也看着我。

"我没带钱。"她拿起桌上的另外一杯水喝了一口,"我怀孕了,很饿。"

后来,我不但给她买了三明治,还亲自开车把她送回了家。我透过前挡玻璃看着面前这栋熟悉的公寓,倪未央拉开了车门。

"他把这里给我住了。那,你明天早晨8点来接我吧,听说做人流不能吃东西,晚了我会饿,再早我会起不来的。"

她上楼之后,我也下了车,我光脚穿一双绸缎鞋踩在雪地上,冷得我后脑勺都疼。抬头看着11楼的那扇小窗户,楼外的墙面被重新粉刷过了。

18年前是我住在这里,那个时候,我刚刚认识穆子维。

现在，我是穆子维的妻子。而倪未央明天要打掉的，是穆子维未足仨月的孩子。

我不知道这是不是原配和第三者之间最平静甚至友爱的一次见面，情节的一波三折让我没有心思去咒骂或指责。我原本不想输人阵势的打扮变成了刻意重视，倪未央的坦然让我觉得如果自己不拿出大气的样子来实在不应该。从她告诉我已经和穆子维在一起一年，谈到她怀孕，到她说不想让这个孩子耽误自己的未来也不想让穆子维知道，于是要我带她去医院把孩子打掉，这些信息量一股脑儿推到我面前的时间连一分钟都不到，剩下的半个小时我看着她吃掉了两个三明治喝了一大杯热拿铁。倪未央说，鹿一冉，你跟我想的一样，我来找你没错。你放心，我不想要穆子维，所以更不会要他的孩子，我只想暂时找个人来爱我。

爱，已经用到这么贪婪的字眼了嘛。

幸好穆子维去出差了，不然我都不知道接到倪未央电话和回家之后该怎么看着他的脸说话。对啊，我还得跟他说话啊，我总不能大嘴巴扇他骂他贱男人吧！到现在我也没给他生个一儿半女，而倪未央怀孕了，人家自己都不想惹麻烦，难道我要告诉穆子维他终于当爸爸的喜讯吗？

睡前穆子维照常给我打了电话说晚安，从前我以为晚安应该是睡前说的最后一句话才对，说完了就该踏踏实实去睡觉。但是今天之后我想，他跟你说的晚安，不过是和另一个人说更多话做更多事的开始。

我以为我会失眠一整夜什么的，结果躺了没一会儿就睡着了。7点50车子开到倪未央楼下的时候，她已经站在那里等我了。

"竟然一晚上没睡着，"她看了看我，"看来你睡得不错，没化妆还比昨天气色好。"

一路上我们谁都没有再说话，车里的暖气开得很足。倪未央一直看着窗外，快到医院的时候，她在车窗蒙着的水汽上用手指画了一个眼睛弯弯的笑脸。

我并没有带她随便去一家冷冰冰的公立医院了事，这家医院的墙和护士都粉嘟嘟的，说话声音也不带审视的意味。她在前台登记的时候我站在她身后，我不想知道关于她更详细的一点信息。直到护士要了她的身份证，问她有没有监护人可以签字。她转头看着我，护士也看向我。

"她是我继母。"

护士带着意味深长的眼神将表格递到我面前。

倪未央，女，16岁。

16岁。

所以，还需要监护人。

坐在手术室门口等的时候，倪未央一直低着头抠手指。终于没有办法装淡定了。对么，小姑娘，你这样糟蹋自己怎么对得起你爸妈。如果你真是我女儿，哪怕是养女，我也会狠狠扇你两巴掌然后再狠狠地心疼死。没有哪个男人值得你这样伤害自己啊姑娘，即便你现在是扮演一个该死的小三的角色，但首先我们可都是女人。你不是想找个人爱你吗？这就是你想要的爱吗？

听到护士叫她的名字，我跟她一起站了起来。她转身向手术室走的时候，我对她说，别怕，手术的过程不会有感觉的，等醒过来感觉到疼的时候，一切也都过去了。

她停下来。

"你有过他的孩子吗？"

我点点头。

"嗯，也是在这儿没的。"

末班机。

我还是把车子开上了机场高速去接穆子维。

生活总是能不知不觉地为你养成一些难以抗拒的奴性，很多人称之为习惯。在我成为家庭主妇的这些年，虽然他并没有因为需要完全供养我们的生活而慢慢地让我们的关系变得失衡，相反不再工作的决定是他要我做的，并且这些年下来我们之间的沟通和相处越来越好。不知道是他有意维护我的自尊，还是他的确享受这种供养关系，毕竟我不是因为一事无成才离开我的工作的。

在我们婚后的第一年，因为支持他重整公司业务，我承担着家里大部分的支出，让他可以全力投入，不知道这是不是后来穆子维要我停止工作的一部分原因。虽然我并不觉得那对于生活在一起的两个人来说有什么差别，赚钱和花钱在我这里不过是一种生活的手段，可也许在他那里是一种生活的目的。手段可以选择，而目的可能就只有一个。他曾经问过我，会不会觉得在家赋闲是为了他做出的牺牲。你看，有些事你怎么做都是没有用的。

穆子维还是先敲敲窗户跟我笑着挥了挥手，然后把行李放进后备厢坐进副驾驶抱了抱我。如果他知道在天上飞的这段时间，他的一个孩子也从母亲的肚子里飞到了天上，说不定他某一刻望向窗外的时候还和小家伙对视过，又会做何感想？

就像我不会知道17年前我为他打掉那个孩子的时候，他究竟是和我一样痛不欲生，又或者如释重负。

我并没有像平常那样询问他这次出差的地方会不会冷？东西是不是好吃？那里的人对他怎样？我不太敢开口说话，我怕一开口就会说出倪未央的名字。我很少对他沉默的，上次沉默的结局是我拖着行李离开了倪未央现在住的那套公寓，连分手和再见都没说一句。

穆子维握住我没有搭在方向盘上的右手。

"好累啊！"

我用余光看到他闭着眼睛靠在椅背上。

"我也是。"

"家里的事辛苦你了。"

"我有什么好辛苦的，是辛苦你要应付那么多才对。"

"对于我来说，我不在的时候你替我照顾好自己，就已经很辛苦了。"

一股热流涌向我的喉咙。这样在外人看来或许温暖的话在我们之间其实不过是日常，我就像青蛙一般泡在这温水当中，而今天我突然觉得被烫着了，手忙脚乱地想要挣脱却发现自己无力地喘不过气来。

"结婚9年了，我都没能给你生个孩子，你心里是怪我的对吧？"

穆子维转过身来看着我。

"怎么会，我们不是说好了吗？一切顺其自然，等你准备好了再说。"

"那如果我一直都没准备好呢，而且，我已经39岁了。"

"冉冉……"

"子维，"我打断他，把车停在路边，"我觉得，不然我们……"

"去旅行吧。"

他扳过我的肩膀，盯着我，眼神就像当初对我说"明天有空吗？我们去领证"那样。

我没有问他是如何那么快交代好公司事务，安排了这一个月在欧洲的旅程。只要你觉得一件事情重要，就能为它准备好时间。而重不重要无非是一个排序问题，哪个问题当下最大影响了你的利益，那就会变得重要。过去几年，我时常羡慕一些人，也许他们没有自己的公司，没有住大房子，没有那么多可以自由支配的存款，但是他们自由，可以请假，可以计划，可以存够了一笔钱就出发。而穆子维告诉我，为了以后更自由,现在只能不自由。很多次我都想问他,什么时候是以后,以后的那个自由还是不是我现在想要的自由。但是我没有,因为事情会看起来像是我不支持他的事业,只会跟别人攀比着挥霍。

我身边放着一个超大的旅行箱等在VIP候机室,穆子维穿休闲装的样子我许久没有见过了,那件帽衫厚厚的棉质贴在他脖子周围看上去舒服极了。他站起来,俯身亲了亲我的额头,拿出旅行杯去星巴克买咖啡,旁边座位一直在跟男朋友face time的小姑娘看着我抿嘴笑了笑。我把旅行箱托给小姑娘照看,起身去洗手间。我听见她在身后小声说:"你看看人家这个年纪了还那么恩爱,你也会一直宠着我的对不对?"

头靠着飞机的窗子看着城市的灯火渐渐消失,旁边的座位是一位知名的国内女演员,她正在跟空姐沟通如何帮她热一下袋子里的中药。刚在座位上坐下的时候她一直戴着大墨镜和口罩,低着头摆弄手机一言不发。估计是机舱内闷热的空气让她觉得憋闷,于是摘掉了口罩,继而摘掉了墨镜,发现我看到她的脸根本无动于衷之后,开始放心地换上拖鞋打开背包。不知我这样的表现是会让她觉得放松还是失落,就算不去积极攀谈,是不是至少应该去要求一张合照或者签名以示尊重呢?

而我只是放平椅背把自己裹进厚厚的毯子里,听见机长在广播里说,欢迎您乘坐飞往日本札幌的班机。

2

从前我总是担心穆子维找不到我,所以不在一起的时候即便上厕所我都会把手机拿在手上。但刚刚我把手机卡顺着飞机上的马桶冲走了,所以我不知道在我离开之后他会用怎样的方式找我,是最终一个人踏上了环游欧洲的旅程,或者回家气急败坏地写好离婚协议。其实刚才在候机室的时候我就是觉得好累,想一个人待会儿,纯粹一个人。不用跟谁说话,不用迁就谁的时间,不用顾及脸上的表情,想躺多久就躺多久,想几点吃东西就几点下床移动。跟自己相处的自由是不可复制的,即便身边那个人再亲密或再疏离,就像纪录片在摄像机开启的那一刻就变成表演。

人只会最大限度地对自己诚实。

走出新千岁机场的时候,我以为我会哭一鼻子,结果我只是对着晴空伸了个大大的懒腰。虽然都是一个人,但这和你出门买菜或者在家等出差的人回来完全不是一回事儿。当你允许自己不负责任的时候,就会发现世界天大地大。

我全身上下的行李就只有随身的一个双肩包,其他为旅行准备的东西都留在了候机室那个大旅行箱里,包里只有钱包、纸巾、卡夹和唇膏。我突然特别兴奋,觉得自己找回了当下的自由。

钱包隔层里一直放着一张我自己的银行储蓄卡,里面的钱全部是我自己的收入。最后一笔钱是什么时候存进去的,里面的余额还有多少,我都不记得了。虽然穆子维给我的那些常用的信用卡此刻就在卡夹里,但是此刻,感谢我的不安全感让我把这张许久用不到的储蓄卡一直放在身边,于是我可以用自己的钱理直气壮地离家出走。这有点像孩子长大后赚到第一笔钱的那种感觉,翅膀硬了,谁也管不着我了。

人民币余额 1,590,000,我简直要笑出声了。在机场买了一张日本的手机卡,搜到大丸商场之后我就直奔这来了。自动取款机上的这个数字让我非常满意,喝完纸杯里的最后一口咖啡,开始了买买买的行程。

当我拖着被装满的大旅行箱从出租车上下来,眼前的这片小木屋令我踏实极了。刚才在某家名牌店一口气买了很多东西之后,和店员简直快变成亲姐妹,趁她休息的空当我们一起去吃了寿司,得知我是来旅行的还没有订住处,于是她把家里开的旅馆的地址给了我,并亲自给她妈妈打了电话帮我安排好房间。陌生人之间总是很容易因为些小事产生亲切感,只要把握好尺度就能享受到一些特别的温暖。当然如果太享受了,有可能让自己陷入危险,而这个店员姑娘只是在卖给我店里的东西之后,继续把家里的房间卖给我,她真是一个友善的人。

穆子维曾经和我计划过日本的旅行,但最终因为一个项目的开始也就忽略了。当时在商量住哪里的时候也选择了类似这样的民居而不是五星酒店,如果是出来旅行,而不是观光或者出差,那一个精致的民居应该是更好的选择,尤其是日本这种容易把什么都做得很精致的地方。

　　我办好入住手续，跟店员姑娘的妈妈热情地打了招呼，像个正常的旅行者一样进到房间。打开大箱子，开始一样一样地拆包装袋，挂进衣柜的衣服都是我平常一定不会买的风格。

　　屋子里暖烘烘的，我铺开棉被躺在榻榻米上。买了电话卡之后我就给我妈发了一条信息报了个平安，她回信息告诉我说穆子维打过电话了，她告诉他我没有回家。她没有问我在哪儿，只是告诉我照顾好自己。好像从小到大她都特别相信我能照顾好自己，我也从来没有让她失望过。

　　房间带一个小小的院子，我裹着浴袍擦着湿漉漉的头发，只是隔着落地窗看了看就拉上了窗帘，我需要赶紧睡个好觉。

　　再醒来的时候，屋里的光线并没有多大变化，窗帘下的缝隙里透着微微亮光。这个房间里的墙上原本有一个挂钟，刚住进来的时候我就把它拿下来放进了柜子里。在你不知道自己想要什么的时候，时间是没有意义的，它也许只会让你越来越焦虑，或者越来越麻木。从小到大，从一个人到两个人，从忙碌到清闲，时间都给了我太多的衡量，而我根本没有反手的余地，因为我总是期望它能给我些什么，我总是对它有所求。现在，至少在我还没跟自己好好谈清楚之前，时间对我没有意义，我不想再因为被它绑架而做出任何决定。

我叫鹿一冉，出生在一个北方的小城市，21岁只身跑到北京想换个方式生活。30岁嫁作人妇，32岁放下自己的事业做专职主妇。今年39岁，未育。在带着老公的情人打掉了他们的孩子之后，临时决定一言不发地出走。

站在洗手间的全身镜面前，看着一丝不挂的自己，你瞧，我看起来一点都不像39岁的样子，起码我没有变成一个黄脸婆，身材也没有走样。我把头发随意盘在脑后，右手摩挲着柔和凸起的锁骨，呼吸令胸脯微微起伏着，手从肩头滑过，停留在乳房，我轻轻揉捏着它们，饱满的触感在指间涌动，然后傲慢地扭头弹开想要挣脱。于是我放开它们，指尖顺着平坦的小腹、腰际，滑向臀部。我坐了下来，抱着双腿，缓缓抚摸着，它们也没有走样。这应该还是一个值得爱的身体，它还对外招摇着可耻的欲望。至少穆子维还没有让它被打入冷宫在寂寞中枯萎，他在每个睡前还会抱着这个身体轻抚着，还保持着每月五六次的频率在这个身体上战栗。

突然一阵巨大的恶心感袭来，我翻身趴在马桶上剧烈地呕吐起来。

酸涩的液体从我的喉咙和鼻腔里涌出，眼泪无节制地迅速在脸上横七竖八地滑落。我的身体包裹在自己的双臂里剧烈地颤抖，然后房间里回响起我嘶哑的吼叫。

你有没有想过，在你和他做爱的时候，同时还有别人在参与的痕迹？想到这里的时候，你会不会觉得痛恨自己，自以为清清白白地守了那么久，其实早都脏了。

被他妈自以为是的爱情弄脏了。

3

天黑了吧?我蜷缩着躺在榻榻米上,就这样看着窗帘下缝隙里的光慢慢消失。饿得有些心慌,我赶忙爬起来穿衣裳。我不需要吃饭,但我的身体需要。它有低血糖,要是在这里晕了过去估计一时半会儿连个能发现的人都没有,毕竟我也只是想出来一个人待会儿,而不是出来送死。

外面没有下雪,空气默默的冷。这里不是一个热闹繁华的旅游区,现在是晚上7点多钟,街上几乎没什么行人。偶尔路过当地的居民,会笑着跟我点点头。也有打着电话或三两打闹经过的学生,围着厚厚的围巾却穿着短裙。路边有灯光温暖的居酒屋和拉面馆,窗户上蒙着一半热腾腾的雾气,里面的人笑容可掬。我就近找了一家走进去,老板娘热情地迎上来打招呼。我选了个角落的位置坐下来,看图说话地点了一碗拉面和一壶烧酒,吧台后面穿着和服的一老一少两名男子认真地在煮着拉面,时不常和老板娘一招一呼地应和着,她们应该是一家三口吧,我想。

要第三壶酒的时候,老板娘看起来很关心地跟我说了些什么,我一句也没听懂,只是摆摆手跟她拍了拍胸脯,显然我是喝高兴了。拉面碗已经被收走了,桌子上摆的是盐烤银杏和一些腌鱼、海藻类的小菜,它们可真下酒,这一壶烧酒怎么着也得有三两吧。

店里的人已经没有刚才多了,吧台清闲了起来。再来给我上酒的是刚才那个煮面的年轻人,换了个小点的酒壶。他用明显带着浓重日本口音的英语跟我说:"这是最后一壶了。"

"你们明明还有很多。"我指着旁边的酒柜用英语回他。

"可是不卖了。"他把酒壶放在桌上。

"是怕我喝醉赖账吗?"我开始掏钱包。

他眼睛里带着些许笑意看着我,我整个人尴尬在那里。

我竟然真的没带钱包。

我俩并排走在路上的时候我的酒基本已经醒了,我带他去住处拿钱包结账。这一小段路走得格外艰难,本来我就不是一个擅长聊天的人,更何况在异国他乡,作为一个看起来要吃人家霸王餐的陌生人,我根本就不知道是不是该找点儿话题聊。估计因此脚下的步子越走越急,他在我旁边突然笑出声来。

"不用急,我不着急要那些钱。"

我也被他说笑了,心里明显放松了些。

"实在不好意思,我出来得太急了。新买的衣服,不太习惯。"

"你是来旅行的?"

"算是吧。"

"来这儿旅行为什么要买这样的衣服?"

对啊，我此刻穿得跟要去参加酒会似的，长裙几乎曳地，高跟鞋还闪着点点银光。

"你穿成这样坐在那里吃拉面的时候，我觉得自己跟米其林餐厅的大厨一样。"

"你想做米其林餐厅的大厨啊？"

"我之前就在东京的一家米其林餐厅工作。"

那后来为什么不在了呢？接下来我是不是该问这句话，可是我没有。万一问出点儿什么引起人家回忆的事，高兴或者悲伤，都是我不想看到的，我现在好像没什么力气去承受别人的情绪。

还好住的地方很快到了，我赶紧拿出钱包结了账。他和住家的老板娘热情地彼此寒暄了几句便向我告辞。临走前他对我说，这里的人会说英文的不多，如果有什么需要可以去店里找他，我可以叫他半泽。

日本的民众还是很友善的。我抱着这样的想法进屋脱了外衣，瞥见镜子里的自己，穿着一身晚礼服似的衣服，脸上不但一点儿妆都没有还带着布满血丝的眼睛，整张脸简直就像一脚踩上去就会哗地碎成渣的枯叶。天哪，简直活脱脱一个哀怨的弃妇。

第二天起来我去半泽家吃午饭，特意化了点淡妆，在新买的衣服里挑了一套看起来最平常的套裙。出门前我又认真地照了照镜子，即便昨晚处于不太清醒的状态，我也是记得半泽看着我的眼神，那带着戏谑的笑意都快流出来了，今天至少挽回一些昨晚那糟糕的形象。

干吗那么在乎自己在一个萍水相逢且很快会擦肩而过的陌生人心中的形象呢？嗯……好像越是对可能只会见一两次面的人，就越会在乎在他心里留下怎样的印象。反而是那些熟悉的，长久的，知道来日方长，也就没那么在乎，反而慢慢更加麻木，开始懈怠。他眼中的你，也就变成了平淡无聊的样子，那些鲜艳的颜色，就更能轻易吸引他的注意。

我站在吧台前面跟他打招呼，他抬起头来看着我，又笑了，感觉和昨天的眼神差别不大的样子。

"你这么快就在这里找到工作啦！"

"啊？"

"不然你穿得那么正式是要去哪里？"

"来吃午饭啊！给我煮碗拉面吧。"

"坐那儿等我一下。"他指指窗边的位置。

老板娘帮我倒了一杯大麦茶，我握着杯子看着窗外，太阳暖烘烘地照着小街，一点风也没有。有采购回来的主妇，穿着看起来舒服又得体的衣服，精心修饰过的脸上随时挂着笑容。记得有句话好像说，女人，即便出门倒垃圾也应该打扮得好看，因为你不知道什么时候会遇见你的真命天子。那，如果已经有所谓真命天子的呢？是不是就可以从此不修边幅，然后被嫌弃，然后被抛弃，然后再好好收拾自己时刻准备遇见另一个真命天子？由此周而复始子子孙孙无穷尽也。哈，我竟然有兴趣跟自己开玩笑了，这恢复能力，啧啧。

就当我快在这样的阳光中舒服死的时候,半泽轻轻敲了敲我的桌面。他换掉厨师的衣服,穿了一件浅灰色的羊绒大衣。

"走啊。"

"去哪儿?我的面呢?"

"陪我去吃点别的。"

老板娘笑盈盈地看着我俩走出店门,说:"你们慢走。"

街上是一派午后的安宁,很少过车,可以不用大声说话,就可以听到自己的脚步声。地上有我和半泽矮墩墩的影子,我穿着6厘米的高跟鞋大概到他耳际的高度。我们唇齿间呼出大团白色的哈气,空气中飘来他身上淡淡的香气,并没有想象中厨师身上的油烟味。

我被自己无聊的想法逗笑了。半泽转过头看着我,我抬着脸回看他,忍不住想起什么被阳光染成金色的毛茸茸的睫毛,和嘴唇勾起温暖的弧度之类的话了。天哪!但我不得不承认,半泽长得好看,尤其是笑起来的时候,像《冬季恋歌》里的裴勇俊。

这能不能解释我干吗那么在意他的看法并且顺从地跟他一起吃午饭?

其实所谓的午饭就是麦当劳的两个套餐,我还以为跟着厨师能吃到什么特别的料理。他把杯子里最后一口可乐吸得呼呼作响,然后问我:

"会滑雪吗?

"什么?"

"来北海道,不打算滑雪啊?"

"滑得不好,摔在地上的时间比直立滑行的时候多。"

"哈哈哈那有什么关系,反正这里的雪摔着也不会疼。"

"你要去啊?"

"你反正也没有别的事做吧?跟我走吧!"

我和半泽抱着雪板坐在上山的缆车上。我唯一掌握的那点可怜的滑雪技能还是穆子维教我的,这绝对是一项他极其热衷的活动,每年冬天只要有两天完整的闲暇时间他一定就会拉着我去雪场。可偏偏我是个几乎没长运动神经的人,几次下来摔得乱七八糟并且几乎没有长进之后,穆子维也就放弃了对我的教学,我也乐得清闲放他自己去过瘾,干脆选择泡温泉。

半泽坐在地上开始扣雪板,我坐在旁边看着地上厚厚松松的雪异常兴奋,顺手团了个雪球扔了出去。国内的雪场大多是人造雪,而且滑的人又多,基本雪道都变成了冰道,还脏兮兮的。而这里一望无际的全是白雪,像是大片的棉花糖,看起来摔上去也会很舒服的样子。

"怎样?是想开始堆雪人吗?"

半泽已经装好了雪板看着我。

"我还是坐缆车下去吧,这坡看着挺陡的。"

"有我在,你不会死的。除此之外,最坏的结果无非是摔跤了对吧。"

他开始帮我扣雪板。

"好了,站起来。"

我晃晃悠悠的慢慢起身找平衡,结果板下一滑从半空一屁股坐在地上。

"怎么样,疼吗?"

我摇摇头。

他伸手把我拉起来。

"那就对了,摔跤是没关系的,你不能因为害怕这个就放弃滑行的快乐。"

"你干吗搞得那么励志啊!"我笑道。

他拉下雪镜不再跟我废话,反身扶住我跟我面对面,我正着他倒着向山下滑去。

我依然是连滚带爬地到达山下,然后又主动上下了三趟,最后一次下来的时候我几乎是自己全程直立,慢慢推着坡下来的,半泽在一旁默默跟着随时保护。我特别高兴,身体由失控到能自我掌控的过程,让心里那种没来由的自信突然就爆棚了。

半泽给我当了一下午的陪练,最后一趟我让他自己坐缆车上山。我脱了雪鞋倚在雪道下的护栏外,山巅的云彩熙熙攘攘地被染成了深浅不一的渐变色,太阳随时准备沉下去了,躲在云彩后面散出金灿灿的光晕。这就是一天中的 Magic hour 了吧,是摄影者最珍爱的时刻。在日出日落时,有那么一段时间天空的层次和色彩是最丰富的,拍出来特别美,像是上帝之手在一天的开始和结束赐予这个世界的奇幻魔法,却转瞬即逝。摄影者们往往做许久准备,提前设置好最佳的角度和距离甚至演员的配合,只为捕捉这个奇幻时刻。半泽就这样踩着雪板从山巅那彩色的云朵里冲了出来,无比娴熟地驰骋起伏。那一刻我突然向往一种全新而未知的生活,在逃避与这个世界发生直接接触的这些年后。

我请半泽在山下的烤肉馆里喝酒,身上的酸痛开始显现出来,伴着酒精的放松作用,竟透出一种特别的舒坦。我跟他讲我小时候偷跑出去玩,结果突然下大雨骑在后山的铁门上下不来的事,也跟他讲我喜欢和小伙伴们玩扮演白娘子的游戏。我自己乐得前仰后合,他也跟着我笑,其实估计他完全没听懂我在咕哝些什么,也不知道谁是白娘子。

五六壶烧酒之后,半泽用右手食指顶着我摇摇晃晃的脑袋。

"喂,你还不打算告诉我你的名字吗?"

"知道名字,就容易记得。"

"既然遇见了,为什么要不记得?"顶在我脑袋上的指头从脸颊滑下来勾住我的下巴。我看着他看着我,那眼神令我的心口发麻。

"鹿一冉,我叫鹿一冉。"

"鹿、一、冉,"他用中文生涩地,一板一眼地念出这三个字,拇指摩挲过我的下嘴唇,然后他翘了翘嘴角,"你别动。"

原本盘腿坐着的他探过身来,嘴巴凑到我耳边,他的呼吸拍打着我耳畔和脖颈的皮肤,嘴唇和我的耳垂若即若离。我的大脑瞬间一片空白,所有的感官世界都在嗡嗡作响。没有抵抗和纠结的过程我便败下阵来,我听见心中某一块地方裂开的声音,那里藏匿着曾经肆无忌惮的饱满和柔软嫣红,在日复一日的生活里,我都忘了原来它们还在渴望。

我们的身体从来不缺乏仪式,它需要的是诚实。

半泽一只手扳在我的脑后,用鼻尖抵住了我的鼻尖。我的眼皮渐渐低垂,就要任自己匿入黑暗之中。

半泽说:"鹿一冉,你终于来了。"

我闭着眼睛,听着自己的呼吸和心跳。

半泽说:"鹿一冉,你还记得艾徊吗?"

我倏地睁开眼睛,狠狠撞上他近在咫尺的眼神。他扳在我脑后的手让我无法挣脱,就像在噩梦中无法叫喊也无法动弹,清醒得无能为力。

Chapter 2

艾徊
AI HUI

我转过脸去看着眼前这个眼睛小小但睫毛很长的男子,30多岁的样子,他穿的那件浅灰色的毛衫看起来舒服极了。

一个人出生的一刻起到死为止,所能遭遇的一切都是由他本人事前决定的。因此,一切疏忽都经过深思熟虑,一切邂逅都是事先约定,一切屈辱都是惩罚,一切失败都是神秘的胜利,一切死亡都是自尽。

——叔本华《附录与补遗》

1

17年前,在一场激烈争吵过后冗长的沉默里,我带着简单的行李离开了和穆子维共同生活两年的公寓。我很累,只想找一个没有人打扰的房间好好睡一觉,于是我住在酒店里。但是每当我进入睡眠状态的时候就开始做噩梦,再后来我不确定那究竟是不是梦,我清清楚楚地感觉到一个小姑娘站在床尾长久地看着我。她没有走过来,也没有变成什么吓人的样子,就静静地站在那里。开始我会打开灯来跟自己确认那里什么也没有,可几次三番这种徒劳的周而复始令我连睁眼的勇气都不再有。房间安静而陌生,枕头和被单的陌生触感和味道让我感受不到温暖和安全的包裹,于是只能紧闭着双眼蜷缩起来任她站在那里,我在心里对她道歉、威胁、祈祷、哀求,我不敢动弹,浑身僵硬冰冷,眼泪止不住地流出来。

对不起我没有保护你,没有坚持把你留下来。你的生命输给了身为父母的我们的自私和懦弱。87天,他们都告诉我你还没有意识没有形状,可这样说实在太不负责任了对吗。你在我的身体里,我的每一个器官都在微妙地向我诉说着你真实的存在,而我最终还是在手术须知上签了字。所以,我才是那个最过分、最残忍的人。

我跌跌撞撞地逃出酒店,迅速找了一个合租公寓住了下来,我需要感受到人的响动。当天夜里,我开始发高烧,屋子里连烧口热水的东西都没有。我挣扎着爬起来,敲开了隔壁的房门,问他可不可以给我一杯热水。那个男人沉默着递给我一只电水壶后迅速关门,我估计自己的样子看起来很可怕。

天快亮的时候我想要放弃了,用已经感受不到是冷是热的手打开了一直关闭的手机。我想给穆子维打个电话,我想这个时候的自己逞不动那个强了。手机不停地有信息进来,我感到些许安慰,我想过在离开后的这段时间里,穆子维甚至都没有发现我已经不在了,而他却给我发了13条信息。

"你出门了?"

"手机为什么关机？"

"你去哪儿了？什么时候回来？"

"你怎么了冉冉？"

"什么情况？你想干什么？"

"鹿一冉你赶紧给我回电话，别太过分。"

"你要是不想过了当面来把话给我说清楚！一声不吭地走人算怎么回事！"

"你的药没带走，你身体还没有完全恢复，你这是糟蹋谁呢？"

"你是不是疯了！是死是活给个信儿！我再等你两个小时，要是不回来就永远别回来！"

"冉冉你在哪儿，求求你别吓我……"

"对不起，都是我的错，我不是人，我对不起你，你别折磨自己，你回来要我怎样都行……"

"我报警了，他们没受理。"

"我累了，就这样吧，照顾好自己，再见。"

那么，再见。

穆子维跟我说了再见之后就真的再也没有找过我。其实这个城市虽然大，但若真想找到一个人并不难，所以如果我们说把谁弄丢了，不过是亲手把他抛弃了。

那段时间每天走出公司大门之前我都在想，会不会看到穆子维的车停在那里。但每次都是我在那里失神地站一会儿，然后和旁边的人一起抢出租车回到我跟别人合租的地方。突然失去了两个人的我没有变得疯狂，不用迁就另一个人的时间，仿佛多出了一倍的人生可以浪费。

心空出一大块，我的世界变得异常安静，正常地上班、下班，正常地工作，与人说话，但回到家之后我就变得恍惚，在这种恍惚里，身体所有的感觉都变得异常敏感，随之在脑海中被迅速放大。灯光异常明亮，呼吸愈发清晰，声音振动的频率参差不齐地敲打着我的心脏，记忆力不放过任何一个细节的快速循环。我坐在黑暗里长久地睁着双眼，数着自己的呼吸声听隔壁传来影片、谈话、走路、呻吟之类的响动，直到他们都安静下来，只剩下窗外偶尔经过的汽车和客厅里冰箱突然启动的声音。心脏无法负荷的时候我会把自己关进洗手间坐在马桶盖上失神许久，然后被敲门声惊醒发现自己在不停地流眼泪，急促的心跳伴随着剧烈的头疼久久无法平息。

我没有意识到自己病了，甚至在思绪平常的间隙我还觉得自己矫情。我变得越来愈瘦，无法正常地进食还时常呕吐，我买了各种各样的维生素和营养片给自己，大把大把地吃下去，我快支持不住自己的身体了，我很害怕。这反而让身边的女同事羡慕不已，她们问我用了什么样的方法可以瘦得如此迅速，我想告诉她们是因为精神和身体互不诚实，也不知道她们明不明白。

2

遇见艾徊是三个月之后的事,我甚至都不知道那天是我们遇见的日子。

我记忆中认识艾徊的那一天,下午4点阴沉得像夜晚一般,我裹在一件厚重的黑色大衣里站在公司门口,等来接我去做内容培训的车。因为这段时间我心无旁骛地努力工作,刚好有一个机会便从文案策划升职成为了执行制作人,于是需要负责把即将播出的内容计划介绍给合作方,让他们做市场评估和售卖。来接我的人说他开一辆银色的车,尾号是49。而昨晚我和之前三个月的晚上差不多,几乎没有什么睡眠,也早就不觉得困了,只是身体和感官都变得迟钝,时常视力模糊和耳鸣。部门里有比我状态看起来更差的老制作人,所以没人觉得我需要去看病或者治疗,所以我也觉得自己再正常不过,甚至心里还有些类似职业病似的小骄傲。我们总是要经历些不好的、觉得自己过不去了的日子,才有资格迎来往前一步的生活。当一辆银色的车从街角朝我的方向拐过来的时候,我小跑了几步迎了上去,拉了一下后车门没有拉开,于是敲敲副驾驶的窗户朝里面的人挥了挥手,然后拉开车门坐了上去。

车上的温度适中,皮质的座椅调在一个恰到好处的角度,一丝若有似无的香气从后座隐隐传来,我酥麻的脚趾开始回暖舒展,呼吸变得沉稳而绵长。

"我们走吧。"

"去哪儿啊?"

"不是去你们公司吗?中心大厦。"

我转过脸去看着眼前这个眼睛小小但睫毛很长的男子,30多岁的样子,他穿的那件浅灰色的毛衫看起来舒服极了。

"知道了,把安全带系好。"

车上放的是伦敦交响乐团演奏的莫扎特作品,我看着街上的路灯次第亮起,像是跟着这音乐的节奏似的,心中忽然觉得愉悦,僵硬的身体也一点点松弛下来。

"还有一段路,闭眼睛休息会儿吧,你看起来很累。"

我听见自己轻轻哼了一声算作回应,紧接着意识开始模糊。天窗缓缓关闭,音乐声变得越来越远,脑海里的嘈杂也渐渐安宁下来,一种久违的感觉向我的潜意识袭来。我要睡着了,我对自己说,然后瞬间失去了所有知觉,一路下坠。

音乐声重新进入耳朵的时候,我觉得自己像昏迷了许久一般。

"到了。"

我睁开眼睛,用几秒钟缓过神来意识到自己身在何处,之后连忙坐好,调整身体的姿态和脸上的表情。那人笑笑,递给我一瓶水。

"别急,喝口水醒醒。"

我接过来,看了下车上的时钟,赶忙下车。

"来不及了,我先上去,等会儿会议室见啊!"

我边疾走边从包里掏出唇膏涂在干得发紧的嘴唇上，进电梯按下楼层后打开了手里的水想要润润嗓子。Voss的玻璃水瓶拿在手里的重量让我对这家第一次到访的公司产生了莫名的好感，就刚才接我的人来看，这里的员工幸福指数应该比我们公司高多了。

等我开会的人到前台来接我的时候，非常惊讶。

"你到了？我们去接你的同事一直联系不到你，还以为出什么事了呢。"

"不会吧？他是准时接上我过来的啊！"

"啊？我们刚联系过，他还在回来的路上呢。"

那刚才，难道是我做的一场梦喽？是我给自己变了一架南瓜马车穿越了半个城市？

方案讲到一半的时候，原本去接我的人急急忙忙地进了会议室，那是个穿着格子衬衫和羽绒服、戴着黑框眼镜实习生模样的小年轻，他从手中的塑料袋里掏出来的也不是Voss而是7—11暖柜里的塑料瓶装奶茶。我在心里笑了笑，觉得自己病得不轻，但刚才那短暂却高效的睡眠却做不了假，它让我此刻的思路变得异常清晰。

从常去的那家小店吃过饭出来，我看到旁边开了一家小小的花店，在这把黑夜冻成一个默默冒着寒气的大冰块的冬天傍晚，橱窗里温暖的灯光和招摇的生命力让过路人原本平淡的内心生出或多或少的幸福和凄凉。我推门走进去，夹杂着水汽的植物香让我的脑海中浮现出那件看起来很舒服的浅灰色毛衫，腰间系着黑色围裙的年轻姑娘微笑着向我问好。

"这是你的花店啊，真好。"

"是啊，上个月刚从这里之前的老板手里盘过来的，她回老家生孩子去了。"

"这家店在这里很久了吗？"

"嗯……差不多一年多了吧！您不是住在附近吧？"

我就住在对面的那栋楼里，三个月来每天经过这条街道，却从没注意到。

"啊，对，我才搬过来不久。"我回答。

"这是我们店里的名片，可以送花上门的。"

我接过名片，想起跟别人合租的灰暗公寓和自己那间局促的单间，匆匆道过谢就要离开。那姑娘叫住我，从柜台上拿过一簇巴掌大小的桌花，五颜六色的花朵插在湿润的花泥里，被白色的皱纹纸包裹，用粉色的丝带扎起来。

"这是用零散掉下来的花枝做的，要是喜欢，带走一个吧。"

我一路用双手护着这小小一簇鲜花，穿过公寓久未打扫乱七八糟的公众区域回到自己的房间，把它放在我床头唯一的那张桌子上，打开台灯为它照出一片温暖的区域。那晚我主动给妈妈打了三个月以来的第一个电话，听她念念叨叨那些家长里短的时候我不敢说一句话，眼泪一直不停地掉下来。最后我妈沉默了一会儿说，照顾好自己的身体，别不当回事儿。我从来不跟我妈说我的生活细节，她不知道我究竟搬过几次家,也不知道我跟穆子维在一起又不在一起的事,她只听我愿意告诉她的那些,然后说好和听话。我不怕自己过得不好,我怕我妈因为心疼我而难过。

节目很快找到了冠名商,进入正式制作阶段。签约发布会那天,我手忙脚乱地在后台最终确认了要播放的节目预告和片花,跟艺人一一打过招呼,然后被化妆师揪过去在上场前最后一分钟整理完毕,在侧幕站定的那一刻,终于能深深呼出一口气。大屏幕上的片花顺利播放完毕,灯光亮起,我在主持人的介绍下上场,代替在国外休假的制作人开始发布节目的正式播出时间,并感谢冠名商,顺势请对方代表上台完成签约仪式。当那人从台下的黑暗在掌声中走上来站定在我面前,我以为自己又开始出现幻觉。他笑眯眯地看着我,眼睛弯成了两道弧线。我听见主持人说:"欢迎柏优集团高级副总裁,艾徆先生。"

艾徆向我伸出右手,我木然地抬起手迎上去。他提醒般地用力握了握,笑出了声,我连忙随他一起坐到桌前在面前的合同上签下自己的名字,交换过去的时候,他说:"又见面了,鹿一冉姑娘。"

3

"其实我第一次见到你的时候是你在798做活动那次,你穿着旗袍光着脚坐在台子后面的导演椅上吃一份儿盒饭,吃得特别认真,都给我看饿了。"

这是艾徊说起第一次遇见我的版本。那天拍一个节目的外景,现场缺群众演员,我就被那时候的制作人顶了上去。此外我还要跟导演对拍摄内容和文案,穿着高跟鞋在现场一会儿站在群演堆里,一会儿被叫到监视器后面奔来跑去,午休的时候才发现脚上磨出了水泡。

此时我和艾徊坐在长安街旁一家酒店餐厅的落地窗前,他在这里有一天的会议,而我刚刚起床不久打车来陪他吃午餐。他把一只螃蟹小心翼翼地掰开,用小银勺把里面的蟹黄一点一点拨进小碗里,递到我面前。

"吃饭了小朋友,把手机放下。"

相识半年,我已经习惯了他为我做好一切,像个废物一样迅速退化,像个孩童一样重新生长。

"所以那天我在公司楼下错上了你的车的时候你是认出我来了?"

"嗯,认出来了这个吃东西很诱人小姐。"

"呀,幸亏你不是坏人,我竟然在你车上睡着了,还喝了你的水。"

"别把我想那么好,要不是我得再赶回去开会,就把你拐走了。"

艾徊起身。

"你慢慢把饭吃完,帮你叫了甜点,我很快就能结束。"

他从我身后走过的时候手轻轻地拍了拍我的脸颊,不动声色。在这样的公众场合,我们需要保持得体的距离。

我三两口把碗里的饭吃完,抬手让服务员来收拾了桌面。服务员问我甜点是不是可以上的时候,我顺便要了一杯咖啡。服务员却说,先生叮嘱过,不能给您上咖啡,气泡水可以吗?

我到楼下星巴克买了一杯美式咖啡,坐在窗边看商场里来往的人群。认识艾徊以来,我所有可以用来闲暇的时间几乎都是为他准备的,我需要为他想见我这件事配合他的时间,所以很多时候我都在等。刚开始会耐不住性子,总是要发信息问他:还没完啊?还要多久?都这个时间了你在干吗?他几乎不回复我,即便是回复,也是简单的一句:路上了,再等一下,很快。后来我就不问了,只是默默等着,也耐得住越来越长的时间。在等待的时间里我觉得内心很安宁,像是笃定即将发生的未来,就像艾徊从第一次出现在我眼前到现在一直以来给我的感觉。他总是不疾不徐地掌握着一个不容辩驳的节奏,我只需要跟着这个节奏走什么都不用考虑。他很周全,让我觉得自己所有的操心都是多余。有时候我觉得自己像一只被驯服的动物,忠诚而顺从。而艾徊却说,从前的我浑身上下充满了太多的躁动和不安,而它们不应该在我身上存在。

那天签约仪式结束后,艾徊邀请我一起吃晚餐,之后送我回家。在小区外的路边,他停下车,我想我应该说点什么再走,但从刚才吃饭开始,我就一直找不出话题,他也就任气氛沉默着。偶尔眼神撞上，他会笑着看我，而我都慌张地避开。这是一种什么感觉呢，像是一只兔子顺着诱饵走进了猎人的包围圈，发现猎人似乎看到自己之后，想要若无其事地赶紧找机会逃跑，而猎人也不急着收网，淡定地看着兔子步步靠近陷阱自己却全然不知。

10分钟。

20分钟。

车窗外路灯散发着亮黄色的光，不远处门岗里的老保安时不时抬头看向我们。车子一直发动着，我想是不是他在等我说再见才好离开，于是我准备开口。

"你喜欢看画展吗？"

他却看着前方突然问我。

"嗯，偶尔。"

"明天上午9点我来接你，你明天休息对吧？"

"对。"

"回去早点睡，我到之前10分钟给你发信息。"

"好。"

走进小区门要拐向我住的那幢楼的时候，感觉到身后艾彻的车子离开。停下脚步，想着自己连去哪里都没有问就毋庸置疑地应下了一个约会，跟一个刚刚认识的，嗯……客户。

第二天早晨我很早就起来了，自打搬到这里我都没有好好收拾过我的衣服。搬开堆在行李箱上的杂物，我想在里面找件相对得体的外套。翻出一件皱巴巴的红色羊毛大衣，想起自己并没有电熨斗，于是扔在一旁放弃了，穿上了平时上班的暗色衣裳。8点50的时候收到信息，他说：下雪了，多穿点，过10分钟下楼。我打开几乎从搬来就没拉开过的窗帘，微尘在空气中胡乱飞舞着，外面白茫茫一片。

不知道为什么下雪总是会让人心生欢喜，我在走向小区外的一路上顺着墙边在尚未被破坏的积雪上留下脚印，然后把小区外路边的积雪也顺便踩了一溜。直到艾彻的车在我身边停下，降下副驾的车窗对我说："早上好啊！破坏王。"我拉开车门坐上去，特意把脚放在外面互相碰了碰，撞落了上面的雪才收进车里关上车门。这是穆子维给我留下的习惯，那时候他新买了一辆车，宝贝的不得了，我打趣他每次恨不得脱了鞋再上车才好。这个念头一闪而过，瞬间让我变得有些沮丧。有时一个无意的动作可以唤起一阵强大的记忆场把你拖进当时的情境，就像时空错乱一般让你的大脑瞬间空白，然后发现伤口的愈合不过是自己的错觉。我开始耳鸣，就在我觉得自己又要被吸回那个暗无天日的黑洞的时候，艾彻把一个保温杯递到我面前。

"早上我自己做的，黑咖啡。"

我接过来打开盖子，清冷的咖啡香横冲直撞地突然充满了周围所有的空气，我像被一只手又猛地拽回现实。

"小心烫。"

外面下着小雪，座椅的皮面散发着淡淡柠檬草香。

8个小时。

在跟艾徊在一起的这8个小时里,我觉得自己像一个人一样存在着,我许久,或者说,我从来没有被这样对待过。盛好在碗里的食物,推开大门的手,站在车来的方向,擦掉雪花的手帕。这些对于从很早便开始独立生活的我,是从未觉得理所当然的细致照料,好像自己被理所当然地一直关注着,好像自己很重要。

4

"你跑哪里去啦?"

艾徊的电话打断了我的回忆。

"在附近转转,你会议结束了?"

"对!赶紧回来吧,我在地库的电梯口等你。"

我连忙起身喝了一口白水,边走边补好唇膏,并吃了一颗薄荷糖。艾徊不让我中午12点之后喝咖啡,因为我的体质敏感,这样会让我夜晚失眠。

车子开上三环之后,艾徊伸过右手拉过我的手握在手心。他经常这样,在路上车少的时候。

"我们又一周没见了啊。"他说。

对啊,我们的见面几乎是以周为单位。每周六或周日白天,他会安排时间跟我见面,然后在下午5点离开,从不跟我吃晚饭和过夜。

在那次去美术馆之后，我们又见过两三次面，都是约在僻静的餐厅在下午茶的时间吃晚饭，之后他就直接送我回去。有一次他问我：你一直住在这里吗？周边好像挺乱的呢。我说有几个月了，这里离地铁近，方便。他问我住在哪个房间，我抬头看看亮着五颜六色灯光密密麻麻的小方格，笑笑说我也分不清，反正，是那栋楼15层的东户。他顺着我手指的方向看了看，应了一声。

第二天晚上回去之后我吓了一跳，合租公寓里我那个房间的大门敞开着，里面的行李都不见了，只剩下屋子里原本的几样家具，我那簇小桌花垂头丧气地被扔在一旁。就在我以为遭了小偷不知所措地准备报警的时候，房屋中介的人走了进来，说我男朋友已经帮我把退房手续办好了，违约金也补齐了，让我直接离开就可以。我男朋友？谁？穆子维？他终于找到我了？我大脑发懵地往外走，新的租客拖着旅行箱跟我迎面走过。掏出手机，发现有一条半小时前发来的未读信息，发件人是艾徊：中午刚好路过你这里，想着上去看看你结果你不在，你的室友给我开的门，告诉我你是哪个房间。你的电话一直打不通，必要的东西我帮你收拾好搬走了，看到信息之后到紫星家园3号楼701来找我。

紫星家园？那个三环边上10万块一平方米的小区？

待艾徊为我敲开701的房门，我喘着粗气有些不可理喻地看着他。他什么也没说先把我让进屋，一位40岁左右的阿姨正穿上外套礼貌地告别离开，屋里散发着饭菜的香气。

他拿出一双新拖鞋放在我面前,拿过我手里的包包。

"来吧,先洗手吃饭。"

我站在原地,心里堵着一股莫名的火气,觉得怎么可以有人如此自作主张地决定别人的生活,还能这么顺理成章得理直气壮。他看我不动,便蹲下来帮我解鞋带,我后退一步,他起身看着我。

"别这么犟,"他说,"那个房子的各方面条件都太不好,你不能继续住在那里。"

"我觉得挺好。"

我垂下眼盯着鞋面的灰尘,想着今天临时录制节目在外面的大风里跑了一天的狼狈,此时在这个宽敞明亮的房间里被照得更加无处遁形。我不喜欢别人把我的生活看得一清二楚,我要怎么面对那些脏兮兮的公共区域和从未有人清扫永远湿漉漉的洗手间是我自己的事,我要怎么应对突然搬进搬出的隔壁室友和半夜发出的各种声音也是我自己的事,我要怎么处理我不堪的生活状态这些统统是我自己的事!心里那股莫名的火气鱼贯而出,伴随着噼里啪啦不经过脸颊直接掉落的眼泪。

艾徊就那样沉默地看着我站在那里努力压抑着声音哭泣,过了一会儿,他侧身进了一旁的洗手间拿出一块方巾,抬手帮我擦干净乱七八糟的脸。

"还好你是在家里哭,这要是在外面,别人还不定以为我把你怎么着了。"

他笑笑。

"这是我之前的房子,离我现在住的地方也不远,隔三岔五的阿姨都过来收拾着,直接住也没问题。"

我踩在底子厚厚软软的拖鞋上被他拉着走到卧室门口。

"你的行李我没让阿姨打开,待会儿你自己把它们归位。衣帽间里有一些我不常穿的衣服,但空间也足够你用了。生活用品如果缺什么,改天我们去买……"

"谢谢。"

他被我打断,笑眯眯地看着我。

"应该的。"

哪有什么应该的。饭后他离开,我坐在客厅的沙发上环顾这个上下两层的房间,大概加起来有300平方米。楼上是卧室和书房,楼下是客厅餐厅和厨房,每层各有一个洗手间,只有我一个人,整套房子只有我一个人,不用迁就谁,不用被谁打扰。

我要付出怎样的回报?面对几乎一无所知的艾徊,我竟然刚刚开始觉得不安。按照俗套剧情的发展,是不是我成了那个说"小女子无以为报只好以身相许"的角色?继而我觉得自己可笑,人家只是看不过人间疾苦出手相救,我又何必在这里默默编造什么烂情戏码。躺在床上,我发了一条信息过去:房租太高我可承受不起,还请英雄打个血折。然后很快,我就在这张柔软的大床上睡了过去。再睁开眼,已然天光大亮,手机还握在手中。昨晚的信息艾徊今早刚刚回复给我：姑娘为我守宅辛苦，不向我讨要工钱便好。

我很久没有带着笑容起床，光脚踩在木地板上走到窗前拉开厚厚的窗帘，窗外没有地铁站匆忙来往的人群和车水马龙，楼下花园里是郁郁葱葱的绿色和偶尔经过遛狗跑步的人。在同样一个城市醒来，有些人正准备开始一天的生活，而另一些，是又要开始在这一天活着。

自从我搬进艾徊的家，他慢慢形成了来看我的习惯，后来固定在每周六日。我坚持阿姨不再来帮忙，都是自己打扫照顾。

5

艾徊把我送进家门。

"今天也不留下吃晚饭吗？"

他从冰箱里拿出一瓶气泡水，坐在沙发上。

"嗯，你自己要好好吃饭。"

"为什么你总是 5 点之前要离开？有人在等你回家吗？"

我看着他，半年以来，我从来没有问过他的生活状态。我们以一种奇怪的无法总结的关系相处着，他会像情人一样关心和照顾我，在只有我们两个人的时候牵我的手或者拥抱，却从未有更多的身体接触。而我的生活可以简单划分成两个状态，周一到周五我正常工作生活，周六周日我推掉任何安排等候他的到来。我不知道该如何形容自己对他的感情，他在我的心中站成一道墙，却没有住在里面，他从未界定过我们的关系，也没有要求过我不能跟别人交往，我却像守戒一样无心对别的男人多看一眼。像是理所当然一般，我觉得自己应该配合他的时间和意愿，在他要出现的时间段里没有什么事更重要。这种不知从何说起的无形自我约束甚至让我心里觉得幸福，默默地揣测一个人的心思，然后学会变成他喜欢的样子。这种自我定位和想要取悦艾徊的奴性，在我住进这套房子后无声地形成而后疾速疯长，甚至那时的我都没有想到要斥责自己被驯服的筹码怎么如此廉价。

于是当我问出这个问题的时候生生把自己吓了一跳。一开始我觉得自己没有立场多问，到后来甚至是变得不敢碰触，我害怕知道他背后隐藏的一切可能性。如果，我是说如果，万一我真的像自己看起来的那样，是被圈养起来不可见人的秘密，那我该做何反应？所以没等艾徊回答，我就马上想要岔开话题。他拍拍身边的座位，伸出臂膀招呼我过去坐下。我脚趾发麻，觉得自己刚刚闯了一个不可逆转的大祸，但依然顺从地走过去，坐进他的怀中。他把我的头揽着靠在他的肩膀上，轻轻拍着。

"是觉得孤单吗，一冉？"

他叫我名字了，每次要向我正式告知什么的时候他都会叫我的名字。我闭上眼睛，摇摇头。

"对不起我不能总是陪你，像正常男朋友那样。我多害怕你因为孤单而找了别人陪伴，那样我该多难过啊……"

我再次摇摇头，心里无比痛恨在这有限相处的时间里自己把气氛变成了这样。

"我一直不知道该如何告诉你，但我想你已经感觉到了吧，我已经结婚了，我需要维持这段关系，所以得要在必要的时间回家，你一定明白吧。"

这一天就这样毫无预兆地、理所应当地、无比自然地到来了，我依然紧闭着双眼一动不动地僵持在他怀里，我觉得闭着眼睛的世界都可能是想象和虚构出来的，等睁开眼睛的时候一切就会恢复正常。我们心无旁骛地在我们的关系中活着，就我们两个人，简单而虚妄，与这个世界不产生任何关联。然而，艾徊还是亲了亲我的额头，将我从怀中抽离起身。

5点了，一切都要被打回原形了。

你已经感觉到了吧，你一定明白吧。

艾徊，你用这样的句式是想给我怎样的暗示呢？暗示我早就接受了这个设定？暗示我不该小题大做？暗示我应该冷静？你总是那么冷静，好像在你我的世界里如果有波澜过大的情绪起伏是应该被谴责的，是不合乎规则的，于是此时此刻我觉得如果自己激动地大声喊叫或指责抱怨都实属不该。于是我光脚站在门口看他关门离开，背后的整个房子开始有藤蔓蔓延生长的声音。

女人的自私有时真的非常可怜，无论处于怎样的角色。她可能是一个厌恶自己婆婆的妻子，一个厌恶自己儿媳的婆婆，一个厌恶自己小姑的嫂子，甚至是一个厌恶自己孩子的母亲。她会觉得自己和这个男人的关系是最特别而不可被丝毫分享的，哪怕那段关系明明先于自己存在。这种不可言说的占有欲，在每一次来自那些人的电话响起或者出现在他带着关心的话题中时，鬼魅般侵蚀着她的内心，没来由的恶意累积压抑，亟待在某一个时刻被轻轻触碰便瞬时爆发。

我现在住在这里，这是属于我的地方，但这里曾经是不是被她玷污过？我的床，我的沙发，我的餐桌，我的衣柜，我的浴缸，我的水池……我觉得浑身的汗毛都立了起来，像千万只蚂蚁顺着下水管道爬进了我的心里直至头皮发麻。我冲进楼上楼下每一个房间把所有的东西统统拉扯出来扔了一地，然而脚下的地面爬满了密密麻麻的蚂蚁让我连立足之地都没有。我压抑着尖叫冲出门去，脚下大理石的冰凉直刺得我鼻梁酸痛，我蜷在走廊公共区域的沙发椅上用双手紧握着双脚，电梯门映出我狼狈而神经质的样子，我盯着自己的眼睛像是在旁观一场做作的表演。

我在这里折腾自己，而艾徊和她在做什么呢？此时艾徊应该已经到家，他们坐在餐桌前随意地聊着家长里短，电视里播放着无关痛痒的内容，孩子，有孩子吗？是不是还有一条温顺的大狗？多温馨的画面啊，艾徊根本都不会想到我这个人的存在吧？但是不可以啊！我确确实实地在这里啊！他们应该要知道我在这里然后再去决定自己究竟该怎么做，我们不能生活在两个世界的假象里伪装和谐地共存。

回到一片狼藉的屋里翻出手机，我几乎没有主动给艾徆打过电话，怕自己显得突兀，永远在等着他需要我的时候。但现在我觉得，需要他的出现。

等待音一下、两下，呼应着我的心跳。

无应答。

再拨，依然无应答。

我开始由忐忑变为生气，再次按下重拨键，听到的是"您拨打的用户已关机"。

我一下子笑了出来，在这个电话号码之外，此刻我没有其他任何找到艾徆的方法。他单方面地切断和我的联系，我便像被真空起来一样。而我打电话过去是想说什么呢？你为什么骗我？我拿我当什么？我要离开你？哈，可是他从来没有骗过我，他是单身，也从来没对我许下过什么承诺，也没有要求我保证什么，我简直理亏得一塌糊涂。你好贱啊鹿一冉，明明是你自己一手编造的戏码却迁怒于别人没有按情节出演，之后还扮出一副受害者的模样。

这不公平，我连能够反击的筹码都没有。

慢着，那我自己算不算筹码？

6

当我穿着尖利无比的高跟鞋出现在 KTV 包间门口的时候，里面朋友的欢呼声向我展示着他们的惊讶和热情。我一次次推掉他们的邀请，却在今日他们每周固定的聚会上不请自来。在我仰头干掉他们递上来的一大杯洋酒之后，胃里混合的冰凉和灼热让我无比清醒，我想起从前肆无忌惮的自己。杯沿上鲜艳的口红印和午夜街道，混合着酒精和烟草的空气，耳边震耳欲聋的音乐声和暧昧不明的灯光令我以为，这些日子以来夜晚床头的台灯和散发着热气的牛奶不过都是幻觉。我端起第二杯酒一口喝下，然后被无数只手拽进人群里陷入应接不暇的迷幻。

人体器官的感觉被放大之后，思维就会一步步被挤压退让，我一趟趟地从洗手间进来出去，身体被一次次地充满和清空，像被酒精冲洗消毒一样渐渐麻痹。

无目的的拥抱，无理由的尖叫，突然爆发的笑声，无的放矢的眼泪，在这样无暇顾及他人喜悲的无序中我觉得无比安全，比我需要释放的人太多了，他们毫无遮拦的发泄让我觉得快乐。我靠在一段距离之外的墙上，像看一场叫作真相的大戏。有人走到我旁边，握住我的手，我知道自己认识他却一时想不起他的名字。他的眼睛可真好看，男孩子长这样一双深邃而毛茸茸的大眼睛可真是浪费。他对我说了一句话，我没有听见，于是凑上去大声问道："你说什么？"他靠近我的耳朵，柔软的嘴唇触到了我的耳垂，我觉得浑身发热。

"我可以吻你吗，鹿一冉？"

我特别不应景地噗的一声笑了。真是个有礼貌的男孩子,我好像想起了他是谁,这个唇红齿白的小戏子。

"不可以,你得叫我姐姐。"

他从我旁边站到了我的对面,用一只手扳住我的脸颊。

"那么,我可以吻你吗,小冉姐姐?"

这次没等我回答,他就狠狠地吻了下来。年轻的气息强硬地在我的呼吸中穿行,而毫无章法的吻慌乱得压得我生疼。周围有注意到我们的人开始发出起哄和口哨的声音,我极力想推开他,可浑身酥软根本使不上任何力气。突然的一股力量把他从我身上掀开,紧接着他被一拳撂倒在地。这场混乱的大戏戛然而止,所有人停止了动作看向我面前的这个闯入者。

"走。"

我伸出手一巴掌呼了上去,他就那样直挺挺地站着结实地迎上我的手连丝毫躲的意思都没有。

"闹够了吗?走。"

他拽住我的胳膊,我竭力甩开。他看着我的眼睛,不容置疑地一把抱起我向包厢外走去。

他像搬运一具尸体一样把我挂在肩头,路过走廊里行尸走肉般木然的人,我头朝下看着晃晃悠悠的地面,鼻腔里充满着熟悉的香水味,小腹突然针刺般疼痛。

穆子维,你在这时候出现,算什么?

天已经微微亮了,我突然忍不住想吐却意识到自己在穆子维的车上,这可是他连鞋子都要磕干净才能坐上来的车。

我急忙一手捂住嘴一手拍打着车窗,他还没停稳在路边我就急忙拉开车门冲下去弯腰吐了出来。其实已经没有什么可吐了,苦涩的液体从身体里涌出来,随之而来的还有胡乱流下的眼泪。他站在我身后轻轻拍着我的后背递上一盒纸巾,他说鹿一冉你看看你这像什么样子。

我像什么样子?穆子维你有什么资格说我像什么样子!

他的车在紫星家园门口停下。吐完之后重新上车的我整个人清醒了过来,准确无误地告诉他这个地址。

"你离开我之后住在这里?"

"嗯。"

我离开你之后住在洗手间会生蛆的合租房里。

"看来没有我的日子你过得不错。"

我没有说话,拉开车门下车,他没有停留很快扬长而去。

我摇摇晃晃地打开房门,清晨的阳光照得屋里的满地狼藉格外尴尬。清晨应该是整洁而有序的,我脱掉高跟鞋顾不上换掉这身气味在这间屋子里无比突兀的衣服,开始把自己亲手甩出来的东西一件件归于原位。

墙上的大钟敲过7点的整点报时,我坐在落地窗前的地板上看着楼下的花园,听到门锁被拧动的声音。我有一副特别好的嗅觉,它总是灵敏地替我的大脑捕捉准确的信息。艾彻的味道伴随着门外的过堂风吹到我面前,我的心竟然无理由被安抚着平静了下来。他走到我的身后,我没有回头看他,我知道自己的脸经过一个夜晚的摧残一定难看极了。他俯下身来,用手轻抚着我的头,然后双手扶住我的肩膀。

"乖,去洗澡。"

我像个残废一样坐在浴缸里,艾徇挽起衬衫的袖子一点点帮我擦洗身体。他没有问我去哪儿了,也没有问我跟谁在一起,只是帮我擦干身体,披上浴袍,然后让我坐在梳妆台前一点点给我吹干头发,对昨天我们说的话题和关机的电话只字不提。看我喝下一杯热牛奶,艾徇跟我并肩躺在床上。我翻过身去背对着他,他用手一下下轻拍我的后背。

"睡会儿吧,我陪你。"

这样的平静真是令我昨晚的想法和行为变得无比可笑。他说他害怕我找别人陪伴,说这样他会难过,所以我以为自己是能够伤害到他的唯一筹码,我想惩罚他对我的弃之不顾,我想看他生气发脾气看他指责我超出他控制范围的样子,但是他没有。最终我所有一切的折腾不过是令自己筋疲力尽,甚至在那样的混乱过后回到这里,回到艾徇身边,让我觉得无比踏实。我竟可耻地觉得这样不切实际的关系其实是比这个世界的大多数现实更安全和稳定的存在,不被打扰,不惧变数,无谓牵绊,无所负担。我有无数问题想要问他,我们该如何相处,他对我接下来做何打算,我们的关系要怎样定义能持续多久,他为什么不能离开他的妻子和我在一起……而最终,我什么也没有问,我不是怕他无言以对,我是担心又触碰到自己的自私引发新一轮自我消耗的混乱。

"我要过生日了。"我说。

"我知道宝贝。"

"生日那天晚上,你可不可以陪我过夜。"

我在他沉默的那几秒钟里紧张得大脑嗡嗡作响。

"好。"

艾徊的胳膊从我的颈下穿过,将我从身后拥入怀中,我们重叠的心跳在身体内产生极大的共鸣,他把头埋进我的颈窝里,呼吸拍打着我的皮肤。

"别再这样了一冉,我会心疼。"

毫无征兆的,我竟然胜利了。

7

和一个人在夜晚的相见是完全不同的感觉,那让人觉得黑暗中时间漫漫有处可依,被人宠爱。车子行驶在通往郊外的高速公路上,艾徊打开天窗,放着 Beetles 的歌。他几乎调平我的座椅让我躺下看着漫天星光,晚风带着泥土和青草的清香从车窗外在我面前穿行而过。我的内心被快乐充满得快要胀开,我不知道我们要开往哪里,心想着就算是这样一直漫无目的地开下去也棒极了。最终车子经过一段石子路拐进了一片均是独门院落的别墅区,在一栋掩在一片竹林后的白色房子前停下。踏上石阶,经过木质的走廊,艾徊开门带我进入。

这里看起来许久没有人住过的样子,他准确地摸到墙上的开关,按下两个按钮,墙上两盏暖黄色的灯亮了起来。

"这是什么地方?"

"很久前买的,一直没有住过。"

我看着眼前被白布盖着家具的房间,散发出陌生的气息。艾彻走进去掀开左手边的一大块白布,露出了下面皮质的沙发。

"来,你坐在这儿等我。"

他则穿过这个房间向尽头走去,拉开厚重的窗帘,落地窗外隐隐是一个小院。他走进右手边的一个房间,我听到院子里传来水流的声音。拉开落地窗,走出去又打开一个开关,院子里的地灯亮了起来。他弯腰摸摸面前大水池里的水,然后坐在池边看向我,朝我招招手。露天的院子里,一池缓缓注满的水散出阵阵热气和岩石的味道。

"是温泉?"

"嗯,喜欢吗?"

我点点头。

"过来。"

我顺从地走近他。他依然坐在那儿,笑眯眯的,轻轻拥抱我。我感觉到他的手滑向我背后的衣扣,然后一颗颗解开,连衣裙顺势而落。接着他用双手解开了我内衣的搭扣,慢慢把我推离他的身体,拉着肩带缓缓褪了下来。户外的环境让我不自觉用双手交叉护在胸前,他却将它们拨开放回身体两侧。当我一丝不挂地站在他的面前,感觉他的目光克制而闪烁地自上而下从我的身体抚过，我的耳朵里只剩下自己局促的呼吸声。这不是我第一次赤身裸体地出现在他面前，但他却从未用这样的目光这般认真地直视过我。他起身，双手横抱起我，慢慢把我放进水中，自己则走进屋里。

有些微烫的泉水没过我的身体，沁入每一寸皮肤。我回味在艾徊方才的目光里，直愣愣地看着天空隐在云层后的月亮，手不自觉地开始在自己的身体上游走。这个狡猾的男人一点点撩拨起我的欲望，却转身离开，这么久以来他从未企图占有过我，却让我自己一层层剥开渴望。

他重新在我头顶的位置坐下，拿着一个丝绒盒子举在我面前，多么俗套的戏码，我对自己说，但我不相信在这样的情境下有任何一个女子会无动于衷。我接过盒子，打开，项链坠上小手指盖般大小的一颗钻石在周围昏暗的光线中忽明忽暗。艾徊取出链子，戴在我颈间，然后俯下身来，在我的耳边轻轻一吻。

他说，我的宝贝，生日快乐。

那晚，在他终于进入了我的身体之后，我感受到的几乎是自己得逞的快乐。当他拿着香槟坐进我对面的水中，捧起我的脸认真地吻上来的时候我就告诉自己，这一次他终于要彻底展开攻势。

所以我相信夜晚的魔力，它让所有的理性、克制、伦理、尊严都变得不值一提。并不是它催生了欲望，而是它诞生了勇气，黑暗中包裹的诚实和不顾让我们能够坦然地面对自己内心深处最卑微和可耻的渴求。

我想要你,我想要占有你,我想要侵犯全部的你。

就是这样,不疾不徐,步步深渊,他微微颤抖的双手甚至令我隐隐地疼痛,但这些都瞬间化作欣喜在我的全身蔓延。他湿润的嘴唇霸道而又小心翼翼地试探我的每一寸皮肤,再用滚烫的手心抚摸过它们,我在迷乱的晕眩中周身肿胀地期待,终于,他走出水池一把将我从水中抱起,像贡献祭品一般缓步向前把我轻轻放在屋里唯一掀开白布的沙发上。潺潺的水流顺着我大腿的皮肤曲折蔓延,房间里的灯光已经全部熄灭,院子里渗进来的光从背后勾勒出他结实的身体和匀称的线条。他就这样居高临下地看着我,审视着我即将喷薄而出的呼唤,然后缓缓单膝跪了下来,头抵在我的小腹上。

"你爱我吗?"

他问我,继而鼻尖蹭着我的皮肤缓缓下滑。

我的嗓子像被紧紧攫住丝毫发不出任何声音,当他与我最终的防线面面相觑,我全身轻微地战栗。

"我爱你。"他说。

然后在我冲出喉咙的失控呻吟中,他的舌尖刺破我最后一道心理障碍。

我爱你艾徊,我,可以爱你。

8

有人说,相比于"我想和你一起睡觉",女人更喜欢听男人说"我想和你一起醒来",因为上床这件事对于男人来说是感情的目的地,于女人而言,却是敞开心扉的开始。女人忠于自己的身体,又用身体表达自己的忠诚。被占有和主权的被宣誓是她们安全感的来源,像是从此有了保护神,只要神在心中,哪怕独身一人,也甘之如饴。其实男人也是一样,他们从女人的身体里来到这个世界,终其一生都对那个地方怀有深深的眷恋,不断寻找能够安抚内心躁动的归属感。

23岁这个生日过后,艾衶陪在我身边的时间多了起来。周末以外,他也尽量找出时间想和我待在一起,我也想办法排开工作配合,再用他不在的时间把怠慢的工作努力加班补回来。年轻的女子,总是把身体当作屡试不爽的交换筹码,用来得到或留住她们想要的一切。这是过期作废的限时恩赐,也是炙手可热的珍稀诱惑,一旦相遇,必然天雷地火。我使尽浑身解数只为占有他更多的时间精力,三十几岁的男子,再无源源不断的冲动和心力,更何况艾衶这般在意自己的人,他努力保持生活中一切事物的节制和平衡。就是因为这样,我更喜欢看到他的失控,每当他在我面前接起他妻子打来的电话,我总要拱进他的怀里对他的身体发出无声的挑战。我听见他竭力控制着自己的呼吸用平常的语气对倪唐撒谎,我喜欢听他对她撒谎,但同时又为自己的不可告人而感到悲哀。我陷入了一种病态的享受，在暗中不被打扰地将一个男人拖出日常的掌控，看他在自己面前迷失惊慌，像孩童一般不知满足，我会浑身充满一种莫名的能量，然后用这些积蓄的能量去加倍地对自己好。我尽力满足着自己想要的一切，名牌衣服、鞋包和首饰、化妆品将我武装得虚假而强大，我享受身边人对我改变的默默探寻和欲言又止，我有一个无法宣告的秘密，但你们只要看到在这个秘密里我很幸福就够了。

当艾徊在我身边精疲力竭地睡去，我都会变得无比清醒。在他偶尔跟我一起过夜的晚上，我几乎都会整夜失眠。不是因为什么过度兴奋，而是不习惯。一个人待久了，会不习惯身边有另一个人存在，尤其是睡觉的时候，突然变窄的床和不时的翻身响动会让我觉得烦躁。此时的艾徊让我觉得陌生，他以日常的形态像普通男子一样在我面前刷牙洗脸看电视回邮件的时候，会让我产生细密的恐惧，我怕这样会让那股吸引着我的神秘力量消失，让他在我心里变得不再特别。我无法让这段无法日常化的关系变成平庸的日常，这样会让现实失重崩塌。我开始拒绝艾徊过多的见面要求，以工作为借口标榜着自己的忙碌。

9

"你看起来很累小冉姐。"

小戏子陪我坐在路边的遮阳伞下喝咖啡。他叫祖辰，一个还在上大二的表演系学生，是在录制我制作的节目时认识的。他总是发信息问我在做什么，大多数时候我不回，偶尔回一句我在忙，他就会说你闲下来啦你在哪儿我去找你，然后就是长时间地陪我发呆、看书，或者写邮件、看电影、购物，其实就是跟着我坐着或者走路。他没什么话，会帮我加水、买票、拎东西和开车。我那时还不会开车，所以如果确实闲着也不会拒绝他在我旁边，两个人总比一个人容易隐藏在这个城市当中。有时候被服务员称赞说，呀，你男朋友真好看！他都会异常开心，我告诉他男孩子长得好看并不一定是好事，他在意的却是男朋友这个称号。

"大人要忙着挣钱养活自己，当然累。"我没有抬头翻了一页手里的书。

"喊，大人，你就比我大3岁零9个月而已。"

"3岁就是一个代沟了，小朋友。"

"你别总叫我小朋友。"

我合上书，饶有兴趣地看着他。

"那我叫你什么？男朋友？"

他的脸腾地一红，低声说："如果你愿意的话……"

我的目光被正准备从离我不远处的地库口拐下去的车吸引了过去，那是艾徜的车，今天是周六，他告诉我临时有一个商业活动要参加不能陪我，然后转了几万块钱过来，说要换季了，让我去添置几件衣服。我压低帽檐，这里是一片餐厅和酒吧的聚集地，有什么商业活动会在这里举办？我装作若无其事地起身。

"去走走吧我们。"

"好。"

祖辰拎起购物袋走在我身边，我盘算着这一带大致的分布构成打算看看艾彻究竟来做什么。从一家家店的门口经过，我脚下的步伐不由得快了起来，祖辰跟在一边抱怨这么着急是要赶集啊！我顾不上回应。

这一片地方不大，却有不少别致隐蔽的餐厅，第一次是艾彻带我来的，他喜欢喝其中一家的一款自酿的红酒。我就这样走马观花地看过去，如果他坐在包间或里面的位置，其实我根本就找不到。就在我快要放弃的时候，艾彻从那家有自酿红酒的店里打着电话走出来，我连忙一把抱住身边的祖辰用他的后背挡在艾彻的方向，他离我大概有60米的距离，我抱着祖辰的腰，从他肩膀上面的位置偷偷看着艾彻的动向。有几个也许是他朋友的人向他走去，他们同时挂了电话一起折回餐厅。我松开祖辰，他依然浑身僵直拎着购物袋的两只手垂在身体两侧，有些不知所措地看着我。

"干什么啊，你不是说我看起来很累吗，突然有点低血糖，借抱一下。"

他弯腰把购物袋放在地上，然后张开双臂。

"那再抱一会儿吧。"

我看着这个1米85长手长脚的大男孩保持着这个姿势

站在那里,阳光透过树叶落下的光斑映在他卷起袖子的白衬衫上,肤白唇红,他可比我像个女孩子多了。

"不抱了,好了。"我怕他尴尬,帮他拍落了悬在那儿的两只手。

那家餐厅进门面对的是吧台,向右穿进去是它的主厅,没有包间,有一排半墙高的窗户可以看进去,我在想自己从窗前经过会不会被艾徆发现。从包里掏出墨镜,我让祖辰走在靠近窗户的一边,保持着同样的速度行进,微微转头,努力向餐厅里看进去,还好艾徆没有选他喜欢的窗边位置,也可能是因为人多只能坐里面多人位的缘故。我停下脚步,保持着一段距离不经意看进去,里面的两张桌子被拼起来,围坐着一圈人,艾徆在侧对窗户的右手边,正认真地看着菜单跟服务员点餐。坐在他身边的那个女人在接受其他人递上的礼物,她大概也30多岁的样子,看起来没有在刻意保养和精心装扮,但透着一副气定神闲的优雅。这是一种什么气场呢,像是不担心失去的那种慵懒和长久安稳的漫不经心。点餐完毕,服务员很快上了红酒。当所有人举杯的时候,我听见他们说,倪唐生日快乐。

原来是倪唐生日啊,原来那就是艾徆妻子的样子啊。

"你在看什么?"

祖辰不知所以地也向里面张望。我怕他吸引里面人的注意,连忙把他拉到一旁。

"你在这里等我,我去下洗手间。"

走进餐厅，向吧台里的服务员点了点头，我们对彼此都不陌生，然后我指指左手边的洗手间拐进去。掏出手机，我给艾彻发信息：活动还顺利吗？晚上要不要来找我吃饭？许久，没有任何回应。我在期望什么呢，期望艾彻在他妻子的生日聚会上拿出手机看我的信息，然后在他妻子的旁边理直气壮地回复我吗？但此时我心中却充满了想较劲的念头，于是我拨了一个电话过去，心中充满忐忑。我这是在跟自己打赌，一个关于自我认知的重要的赌。哪怕艾彻公事公办地接起来以工作的名义搪塞我都可以，只要他接，只要他不在倪唐面前挂掉我的电话，就像他从不在我面前挂掉倪唐的那样。一声，两声，三声，没有应答。我想他一定是把手机开了振动放在包里没听见，于是我又打了过去，这次只响了一声，艾彻就接了起来。

"喂。"他用惯常的语气。

我整个悬着的世界在此刻落地了，并且得意扬扬，甚至已经完全不介意他找理由骗我却在这里给自己的妻子过生日。

"喂，我……没什么事儿，就是突然想你了，想听听你的声音。"

"嗯，我知道了，我现在不方便接电话，稍晚打给你好吗？"

"好，我等你。"

"再见。"

看着镜子里的自己，一脸的如释重负。我在用别人对我的态度定义自己的位置和价值，我躲在自己的情人给他的妻子过生日的现场的洗手间里，用一通电话挑衅，我真是活得可怜又可耻。从包里掏出口红对着镜子补妆的间隙，洗手间的门被推开，倪唐走了进来。她没有进隔间，只是深深呼出一口气，然后打开水龙头沾湿了手弯腰拍拍脸颊，看起来是酒精起了作用。

"生日快乐倪唐。"

这个闷在心里打转许久的名字终于正大光明地从我嘴里对当事人叫了出来，她抬起头，惊讶地看着我。

"我们，认识吗？"

"不认识，"我递给她一张纸巾，"我刚听见你的朋友们这样对你说的。"

她倒是很快欣然接受了，笑着接过纸巾。

"谢谢啊！要不要来一起喝一杯？"

有那么一秒钟我是想说好来着，我想看看我和倪唐一起出现在艾徊面前的时候他会是怎样的反应，但仅存的一点理智向我冲上脑门的热血浇了一盆冷水。

"不了，朋友还在外面等我。"

这时洗手间外很应景地传来祖辰叫我的声音。

"鹿一冉你掉厕所里了啊？"

"来啦！"

我尴尬地回应倪唐的笑容，她拉开洗手间的门跟我一起走了出来,我狠狠白了祖辰一眼。

"男朋友啊?你俩可真般配。"倪唐笑起来的样子为什么越看越像艾徊。

"是吧?大家都这么说。"祖辰没心没肺地美着。

"快回去吧,有人等你呢,再见。"

我拉着身边这个傻大个儿迅速离开,他还不住地问我,是不是和倪唐认识什么的,我感觉倪唐看着我们的背影站了一会儿才走,不过这也可能是我的错觉。

当天晚饭后艾徊来家里找我,他穿着简单的T恤牛仔裤和夹脚拖鞋,说是来看看我就得离开,因为是以买咖啡为借口出的门。我勾住他脖子跳起来用腿盘住他的腰,他忙伸手托住。

"艾先生,我们要一直这样相处下去吗?我会变老的,如果一直一个人会好可怜的。"

"变老?你在我面前说变老啊?小朋友还没长大呢,我得先好好照顾着。"

"那长大以后呢?"

我认真地看着他,见我不只是胡闹,他往前两步弯下腰轻轻把我放在沙发上,然后蹲在我面前。

"长大以后,小朋友肯定就嫌我老了啊!然后就会离开,会被一个年轻富足又很爱你的人接走去过幸福的日子。"

我看着他,他的嘴明明是笑着的,但眼睛里却是要溢出来的悲伤。

"为什么要被别人接走呢,为什么不是你陪着我过幸福的日子呢?"

"因为,我没有这个资格了啊。"

他仰头看看我,我的心里突然充满了悲伤。不是为我自己,是因为艾徊。他怎么能把原本一个不会负责任到底的意思讲得如此令人生怜,不是他不想娶我,而是因为已经有了家室不可重来。那个终究要去开启新人生的人是我,他只能在原地看我离开。

"你是上天赐给我的礼物,一冉,它让我在你身上体会爱情的美好,让你把我的心填满,然后在你离开后的有生之年用来回忆。我不能贪心,不能自私地占有你一辈子,你值得拥有更好的人生。"

所以,这一切还是为我好了对吗。

10

我们在一起的每一个日子,都像倒计时一般向分别靠近,于是每次相聚都显得格外珍贵,每次分别都充满悲情。我不知道会不会像他说的那样,有一天,会有一个人出现把我从他身边带走去过更好的人生,甚至在那个时候我以为,如果不是他陪我就没有什么是更好的人生。我在他身边重新生长为他赋予的样子,喜好,习惯,秉性,意识,我们绝不要以为属于自己的意志力有多么强大,我们很容易被身边更强大的意志力驯服同化。你现在所有以为属于自己的样子，都是生命中曾遇见的人留下的烙印结合体，人们所谓的自我，不过是这个世界在我们身上的折射。

我开始相信，在爱情里没有先来后到，只有不被爱的才是第三者。我也相信艾徊所说的，自从有了我，他和倪唐就没有再发生过关系，他是出于责任才必须和她继续在一起。倪唐比他大一岁，在他曾经事业受挫时跟他在一起，一直陪在他身边，甚至靠她的收入才使他撑了过来。而后来最疼爱艾徊的姥姥重病，想看着外孙成家，所以他才和倪唐迅速领证结婚，连婚纱照和仪式都没有。那之后的两年，他们都住在一居室的老房子，直到艾徊的事业日渐成功，他们才有了一个像样的家，但至今也没有孩子。艾徊对我说，他爱我，他只有跟我在一起才觉得人生有意义，但他不能始乱终弃。倪唐已近不惑之年，若此时家庭分崩离析，她要再开始该有如何不易。

"但你还小啊，"艾徊说，"你的人生还有无数可能性，会有很多人爱你，等你长大了，就会发现我没有你心中那么好，你会自己离开我爱上别人。"

每次他这么说，我都会觉得是因为自己需要更好的未来而将他的人生变得无比可悲。跟他在一起，我无法跟任何人说起，我不能像其他姑娘一样跟朋友倾诉自己在爱里的喜乐哀愁，更不能与他以恋人的关系正大光明地出现在我或他的生活圈里，幸福无从分享，难过无从抱怨，真伪无从判断，我单方面接受着艾徊传达给我的信息,日复一日身陷其中,找不到反驳他的理由,只能相信他说的所有。被圈在他构建的世界观里,我无法产生反抗意识,我甚至和朋友变得疏远,因为我们不再拥有共同的爱好、共同的话题和共同的观点,我不认同他们的想法却无法反驳,我聊起来的事情总会让气氛变得冷场。

我一直不愿承认却不得不面对的是艾徊对我的教养,相处的时候他总是在企图扳正我的行为和认知,后来我甚至习惯期待在他的规则里得到认可和奖赏。总的来说,他是在养成我对品质的认知,仿佛在与他相识之前我是一个不受教化的野丫头,浑浑噩噩地过着不登台面的日子。他教我品酒、辨咖啡、闻香水、餐桌礼仪、着装方式,以及如何正确打开一瓶香槟和不同杯子的功能区别。每一个看到的奢侈品品牌,不仅认识,还要了解它们的文化历史、经典和定位。去什么样的地方,做什么样的运动和保养,上车下车坐下起身的方式,待人接物的分寸拿捏,还有如何享受身体的不同接触带来的不同愉悦。他在按照自己喜欢的方式把我塑造成一切他想拥有的样子,我在缺乏和无知的卑微里认真学习和感受自己的改变。女人啊,根本没有她自己想象的那么害怕谁来侵犯她的意识并主导她的改变,只要这些会让她焕然一新并感觉良好,谁会拒绝自己变成一个更精致的人。虽然这样会看起来冷漠和矫情,可那又怎么样呢?

只是也许在这样不对等的关系里,艾徊和我都忽略了一件事，那就是我的意识不可能完全按照他设定的轨迹那样生长并且分毫不偏。我不是一个罐子，往里面投递什么就储存什么，我像一株看起来无害的植物，在庞大的阴影下默默汲取养分然后疯狂生长。最初的变化是喜人的，从干瘪粗糙的幼苗，焕出生机欣欣然的样子，进而枝叶饱满，色泽鲜亮，我伸展向上挣脱阴影触碰到阳光，长成可以与之比肩的模样。我自感念栽培之恩，可却让艾徊变得害怕。养育者的心态多么难懂，他倾尽心血的精心培育不就是为了换来灼灼其华，然而当憧憬中的样子真正展现在面前，又恨不得将其掩盖遮蔽不见于世。但毕竟我是一个人不是物件，所以看得到这个世界看我的眼光发生了怎样的变化，我也知道了该如何得到自己想要的东西获得自己期待的瞩目，我的根茎张力蔓延贪婪扩张，进而需要更多的养分来支撑自己继续生长，并且我业已知晓该如何依靠自己获得，原本让我趋之若鹜的施舍于我来说变得寡淡贫瘠。我没有失望没有不满意，只是也许我的眼神里不再有惊喜和渴望。若是施予者失去了被崇拜的乐趣，受承者变得难以教化和满足，那这其间的关系便失去了原本的吸引力，必定开始失衡。就像那个经常被枚举的粗浅例子：如果从原本你有 100 万元而我什么也没有的仰望，到你用 50 万元换取了我的跟随我变得和你平等，直至我用自己的 50 万元赚取了比你更多的财富，看到的比你更加广阔，那么，如果你不再给予新的诱惑，我又该如何保持你想要的那种执迷不悟？

不要对我说现实，说爱呢？爱是能无条件包容一切的啊。这一定是正被爱冲昏了头脑或者许久没有被爱冲昏头脑的人说出的话。两个人长久地在一起从来都不是因为爱本身，而是足以匹配的性价比平衡。我说的不是金钱的直接交换，而是值得，对方给予你的回应让你觉得配得上自己的付出。能量守恒，我们需要保证自己内心的平衡和完整才能有力量源源不断地给予，这才是良性的循环。在相识初始就义无反顾、海枯石烂的那种，只是冲昏了头脑罢了。

我渐渐感受到艾徊的力不从心和自己的漫不经心，从前一唱一和的引领和跟随变成了需要互相迁就的你追我赶，我尽量配合着他的步调却愈发觉得虚无。蒙肯曾说，男人通过吹嘘来表达爱，女人则通过倾听来表达爱，而一旦女人的智力长进到某一程度时，她就几乎难以找到爱，因为她倾听的时候，内心必然有嘲讽的声音响动。嘲讽，想到这个词的时候我几乎也吓了自己一跳。但当艾徊因为想要尽力表现而在我的眼中开始显得笨拙，因为他发现我的极力掩藏开始变得脾气越来越坏，我知道我们开始了属于我们之间的"七年之痒"。不足一年的光景，我们便要面对不得不改变的相处方式，是因为我们在一起的都是高度浓缩的时间，所以极力把自己最好的那些尽快展现，于是在不断的收获惊喜和快速的情感升温中，透支了原本需要酝酿和起承转合的过程。但又有所不同的是，他在节节败退地掏空，而我则步步紧逼地武装。当他失去了原本让我心悸的那种平和与从容，变得与俗世男子一般无趣且庸碌，我心中生出的不是厌弃和逃离感，而是心疼和可怜。我突然生出一种长大成人后面对父母的那种责任感，看着他渐渐失去力量变得无力而气急败坏，我想要对他照顾和迁就。

11

正在开制作会的时候，收到艾徊发给我的信息。他说下午在公司外开完会想要直接去家里跟我一起吃饭，问我能不能随便做点什么。我是一个特别不爱下厨的人，比起买菜、准备、烹饪和饭后收拾的时间，吃的环节，其实只占其中很短的时间比例，我觉得这是一个不划算的付出，所以平时我的冰箱里，只有cheese、鸡蛋、牛奶和水，还有面膜以及冷冻室里的冰块。偏偏最近艾徊特别热衷于让我为他下厨，他说想着我花好几个小时为他忙忙碌碌时心里就觉得满足。他的占有欲和焦虑在这些日子迅速膨胀，三不五时地就发来一条短信或打来一个电话问我在哪里在做什么，并喜欢告诉我他的安排和动向。我并不排斥他这样有些孩子气的行为，只是觉得有些不习惯，曾经几乎都不回复我信息的人现在要在晚上睡前给我发晚安。他对我的依赖，或者说男人对女人的依赖是如何形成的呢？听惯了世间男子随着相处时间日渐冷漠的故事，于是对自己正面对的相反情形感到惶恐。

我游走在超市的货架和柜台之间有些茫然，本来打算晚餐叫个外卖了事，此时时对什么搭配什么能做出什么的各色菜样完全没有概念，本来我会做的菜也数得过来，但总想着能弄出点什么变化证明自己花了心思，人一旦敏感起来做什么都觉得负累。

"鹿一冉？"

在这里也能遇见熟人？我正在半成品柜台前研究一盒罐头，听到身后传来的声音回过头，我一时没反应上来，站在面前的人竟是同样推着购物车的倪唐，不同的是她的车里几乎已经满满当当，而我的车里只孤零零地放着一棵葱。

"果然是你，我还在想会不会认错人呢，"她带着得体的笑容看着我，"没想到你也会来买菜做饭啊！"

"哦，我，随便转转。你竟然还记得我，真是，嗯，难得。"

我一时有些语塞。

"长得好看的姑娘总是不太好忘掉呢，更何况还很热情。"

"热情？"

"跟一个陌生人说生日快乐，还不够热情吗？"

"哦，你说那个啊，刚好碰上，就凑个热闹。"

"真好！你住附近吗？"

"对，就在……不远。"

我差点说出紫星家园的名字，但其实紫星园里住了那么多人，我刻意不提也真是做贼心虚。

"那我们互相留个联系方式吧，有空的时候可以约着一起聊聊天。我家先生总是很忙，连周末也是，我很久没有上班，过去的同事朋友什么的也都疏远了，一个人在家里很是无趣，能认识你这个新朋友也是缘分呢。"

我不禁觉得现在的情景充满恶意又好笑。我很早就偷偷把艾徊手机里倪唐的号码抄在了自己的手机里，虽然我不知道存来做什么，但总觉得一定有用武之地。

见我无动于衷，她问："不方便吗？"

"哦，当然不会。那你记我的号码，然后发条信息给我就好。"

她存下了我的名字，然后向我告别。在款台结账的时候，我收到了她发来的信息，她说：一冉，很高兴认识你。天哪，连称呼我的方式都跟艾徊一样，这是他们家共同的断字习惯吗？这个在我手机里已经存在许久的被称之为"倪"的女人，就这样给我发来了第一条信息。我按下"我也是"三个字回复过去，不禁要佩服生活这名热爱狗血的编剧。

晚上吃饭的时候我没有跟艾徊提下午发生的事。本来我想说来着，但估计又要引得他多疑和不悦，想想就觉得麻烦。洗碗的时候，他突然走到我身后，弯腰放下一双玫红色的绸缎高跟鞋，从拖鞋里捧出我的脚严丝合缝地装进其中，然后从身后抱住我，低头吻着我颈侧的皮肤，手顺势将我的裙子拉了起来。我嬉笑挣扎着说别闹，他的动作却变得愈发强硬，直接拉过我的腰迅速进入我的身体。我手上沾着洗洁精的泡沫扶在洗碗池边冰冷的大理石面上，看着依然流着水的龙头感受身后一下下的撞击。厨房里残留的油烟味和明亮的灯光让我觉得别扭,感受到我心不在焉的艾徊俯下身来动作不停地贴在我耳边问我:"怎么?你不喜欢吗?"我摇摇头,并配合地发出喘息声。这仿佛鼓舞了他的士气,干脆把我翻转过来把上衣的扣子也解开和内衣一起扒到腰际,他举起我放在池边的台子上,继续他的占领。我无法享受当下的时刻,台子上的油腻冰冷直接磨蹭着我的皮肤,尾椎骨直杵在坚硬的石面上没着没落地隐隐作痛。我闭着眼睛,无法直视此刻他脸上的表情,这不是我认识的艾徊该有的样子。倪唐中间打来过电话,被他直接挂断了。

他走后我蜷在浴室的花洒下抱着自己,任烫得皮肤微微发红的热水不断冲刷着我的身体,然后用消毒液一遍遍擦拭厨房的台面。我觉得恶心,觉得自己恶心。

倪唐竟然很快约我,就安排在超市相见之后的那个周日。前晚睡前收到她的信息,问我第二天下午有没有时间一起喝下午茶,而在此之前10分钟左右,艾徊刚刚跟我说明天上午要来接我一起去郊外他朋友新开的一家餐厅试菜。

我忘了从什么时候开始,艾徊会渐渐带我去见离他核心生活圈比较远的一些朋友。他牵着我的手介绍我是他的女朋友,对方会意微笑着彼此心照不宣。他从不避讳在人前对我的照顾和在意,曾有朋友打趣他说,别攥这么紧,小心给憋着再跑喽。他回答说那可不行,这是我好不容易找到的宝贝。他也试探地问我,有什么合适的朋友也可以带他一起见见，我总是说有机会的，但却从来没有觉得我有哪个朋友是能够带着他认识的。男人与女人如何相同，我们的身份关系，在他的朋友看来也许是平常，但我的朋友，会如何看我。我有时会惊讶于艾彻的粗心，他好歹也在一个上市集团担任要职，又不是市井小民无从查起，难道真的不害怕别人见了会传起怎样的闲话。或者，他压根儿开始觉得不在乎？一个秘密久而久之憋在心里，总希望找个方式分享出去，否则便像感受不到那个秘密的宝贵和魅力。

我看着二人一前一后给我发的信息，谁的都没有回，觉得自己要精神错乱了。艾彻没有再给我发信息，他认为对我的时间掌控是理所当然的，任何安排都像是不可违抗的圣旨，不可辩驳，不用回答。而倪唐却又追了一条信息过来，问我是否收到，并发了具体时间地点过来问我是否觉得合适，看起来仿佛也没有等我说"不"的思想准备。我的好奇心不禁被这个看起来天然无公害的女人勾了起来，对于几乎陌生人的我，她准备聊些什么呢？或者，这个蹦出来的念头吓了我一跳，是不是她其实已经盯了我许久了呢？我感觉头皮发麻，最终经不起好奇心的驱使，决定去赴倪唐的约。我无法带着是巧合或是处心积虑的猜测继续下去。于是回复了艾彻说第二天临时要录节目，所以不能陪他一起去了。他倒也没有多问，简单说好。

出门前我站在衣帽间许久，想着该做怎样的打扮去面对面和倪唐度过一个下午。如果这真的是一场蓄谋已久的正式对峙，那我不能让自己输了底气或者看起来盛气凌人。当我穿着一条黑色的百褶连衣裙，外面罩着一件卡其色风衣踩着5厘米的黑色高跟鞋到达约定地点的时候，刚进门就看到倪唐坐在那里笑着对我招手。她套着一件宽松的格子衬衫和一条深蓝色的九分筒裤，脚上穿着一双白色的平底鞋。

看起来不像是战争的气氛。她已经点好了所有茶点，这里的下午茶是要提前一天预约才有的，临时的顾客都只能坐在另一个区域里点柜台里固定式样的简单糕点。本来我想，如果倪唐问我一些查户口般的问题，我一定会不由分说很快离开，但她没有。她轻松自在地跟我聊着些无关痛痒的话题，很快把谈话引入了一个很好的氛围，我甚至真的像跟朋友约见一样开始享受这里的光线、温度和可口的下午茶，直到她开始关注起我的装扮。

"你这个年龄的女孩子很少有人像你这么会穿呢，"她善意地打量着我，"她们要不就是只看牌子，无论搭不搭配统统往身上招呼，全身上下都是LOGO，跟移动的广告牌子似的。要不就是喜欢看起来花枝招展但材质很差的衣服，还不如简单地穿件白衬衫。年轻啊，那张脸就是最好的资本了，用不着拿别的东西来炫耀。"

我不知道该怎么回应，这浑身上下的穿衣打扮都是艾徊一手调教的。他不喜欢LOGO明显、花纹繁复的东西，所以我的东西看起来都简单明朗。

"你这身衣服看不见一个LOGO，但每件可都不便宜呢，你的家庭条件和家教一定都很好。"

我端起茶杯,啜饮一口。

"年轻点的时候我家先生也总是喜欢挑我的打扮,"她终于说到艾徊了,"但总是教不会,我又爱犯懒,所以他后来也就不管我了。"

"你先生……"女人在一起总是爱聊自己的另一半,如果我刻意回避,是不是显得奇怪,"你先生一定对你很好吧?"

她笑,"是呢,我很感谢他。"

"夫妻之间,何谈感谢呢。"

"说是夫妻,我们之间更像朋友。当初要不是他想顺了病重姥姥的心意,说不定我们也走不到结婚这一步。结婚7年了,他对我还是客客气气的,会说'麻烦了'和'谢谢',哪有这样过日子的。"

"这样,总比像很多夫妻那样吵闹咒骂来得好,不会伤了感情。"

"感情是要有才能够被伤的,"她看起来有些难过地低下头,"好像无论我做什么他都不会生气,倒是真想看看他发脾气的样子,那样,会觉得被在乎吧。"

我眼前浮现出艾徊那副不温不火的样子,觉得那才是他该有的样子,是我喜欢的样子,可偏偏没有持续多久。

"但最近好了很多,"她整理了情绪抬起头来,眼里闪烁着异样的喜悦,"我们在尝试要个孩子。"

我的大脑"嗡"的一声,刚咬了一口的蛋糕上的树莓在嘴里沁出酸涩的汁液。

"之前他忙事业,我也不好多提,这两年稳定了,我也已经34岁了,所以我跟他说想要个孩子,三个人更像一个家吧。"

"那他也想要吗?"

"我提了,他也就愿意配合,"她的脸微微泛红,"所以最近我们好像比之前亲密了不少。"

不是说,跟我在一起之后,他就没有和倪唐发生过关系吗?既然最近和倪唐如此亲密,何苦像前日那般作践我?我的尾椎骨隐隐还在作痛,我不需要跟谁分享什么,虽然之前也对夫妻俩同床共枕长久不发生关系的事表示怀疑,但艾徆说了,我又无从证实,所以就愿意自欺欺人地相信自己拥有的是全部。现在,当事人出来澄清了,我也的确该面对现实。

我再也无法继续这场见面,如果倪唐这些话是专门说给我听的,那她也算是迂回得用心良苦。我起身去洗手间,给祖辰发了一条信息让他来接我,他很快回复说20分钟就到。接下来的时间我度秒如年,不停地忍住想要看手机上时间的冲动。她开始跟我聊艾徆的家族产业,以及明明艾徆可以继承这些产业却偏偏选择了自己重新开始,在另一个行业打拼至今,并也小有成就。也跟我说她帮艾徆持有着家族的股份,每年要陪他飞好几个国家处理相关事务之类。我根本不想知道这些,艾徆究竟拥有些什么跟我没有任何关系。倪唐给我的所有好印象在此时都变成了处心积虑,我倒是宁可她开门见山地告诉我，她是不可撼动的正宫娘娘，和艾徊有千丝万缕动骨伤筋的关联，让我趁早识趣地退出不要有任何非分之想。当然，这一切或许都是我在以小人之心度君子之腹，人家只是单纯而真挚地在和我话家常，而我却听出弦外之音。

祖辰这小子的车是坏半路上了吗，为什么我面前这杯茶都快从热气腾腾变凉了他还没有出现。我从未像此时觉得如此需要他并觉得有他在是一件那么好的事情，如果他要是知道我竟然这么需要他一定又要得意忘形了。我隐隐地听到门口有人进来问5号桌的声音，简直就要立刻起身告辞的时候竟然看到艾徊正向这里走来，他脸上露出的惊讶比我还难以掩饰，那一瞬间眼神快速的信息交流是彼此询问"你不是在加班吗"和"你不是去郊区试菜了吗"？

那你怎么在这里？

倪唐欢天喜地地起身叫着"老公"向他招手，然后上前一步挽住他的胳膊向我介绍："这是我家先生，艾徊。艾徊这是我新认识的朋友，鹿一冉。"

"这世界真是小，"我仰起脸笑着看向艾徊，"原来倪姐姐张口闭口挂在嘴边的家里先生竟是艾总。"

"你们认识？"倪唐惊讶地看着艾徊。

"对，我们的公司有业务往来，"他盯住我的眼睛，露出像在签约仪式台上一般标准的笑容，"鹿小姐，好久不见。"

"那真是太巧了，我先生说他今天事情提前结束，我就让他顺路来接我，没想到你们早就认识。时间也差不多了，

"一冉你开车了吗?要不要我们送你回去?"

"不用了,你们先走,有朋友来接我。"

"哦对啊,我都忘了,是上次见到的你那个帅气的男朋友吧?"

"他不是我男朋友,不过,是他来接我。"我勉强对倪唐笑着。在听到男朋友这个字眼的时候,艾徊就已经要控制不住自己的表情了。

"那我们陪你等他来吧,不然你一个人在这儿也无聊。"

"不用了……"

"我们陪你等吧。"艾徊说。

我们三个人重新坐下来之后,我就再也没有直视过艾徊的脸。为什么我感觉自己像做错事了一般心虚,难道除了艾徊之外我还不能有别的男性朋友了吗?他们两个正牌夫妻就这样如真理一般竖在我面前,不能更名正言顺、理直气壮,我这个寄人篱下上不得台面的第三者,确实没有资格要求公平对嘛。祖辰,天哪,他一定经不住艾徊的轻轻一试,不过,艾徊应该不会在这样的情形下给他难堪吧。

祖辰终于急急忙忙地走过来,揉了揉我头发说:"抱歉我迟到了,路上太堵,我差点儿就弃车奔跑了。"

我对他的动作有些尴尬,连忙拉他在旁边座位坐下。

倪唐忍不住笑出声来:"看这大小伙子急的,是怕一冉被别人拐跑了啊。"

"那可不,这姑娘看着机灵其实整天晕头转向的。"

"并没有。"我白了他一眼。

自打祖辰进门,艾徊的眼神就一刻都没有从他的身上离开过,他打量着这个闯入者的脸、穿着和言行举止,嘴角不经意流露出轻微的不屑。

"鹿小姐,不介绍一下吗?"

艾徊跟我说话,却微笑看着祖辰。我刚要开口说话,祖辰却主动向艾徊伸出手去。

"你好,我叫祖辰。"

他微笑着迎上艾徊的眼神,毛茸茸的大眼睛里没有任何羞怯,敞开的卡其色风衣挽起一截袖子露出结实的小臂,里面穿了一件淡蓝色细格子的衬衫。

艾徊握住他的手:"艾徊。"

"这孩子真得体,"倪唐看着祖辰,"也不知道你和一冉谁是谁的老师,年纪轻轻都把彼此装扮得那么好看。这情侣装穿的,赤裸裸地秀恩爱啊。"

"这是巧了。"我解释道。

"好啦,知道有人陪你回家,我们也就放心地走吧。老公,你先去把账结了。"他们起身。

"我已经结过了,"祖辰也跟我一起站起来,"进门的时候就结了。"

"怎么能让你……"

"没关系,我来晚了,应该的。"

"那就谢谢了,咱们改天再约啊,一冉。"

我们的座位靠外,所以艾徊伸伸手示意我们先走,于是祖辰便自然地拉起我的手朝门口走去。我木然地跟在他身后,被握住的手不知道应该保持这个姿势还是抽出来为好,我感觉到身后一路有艾徊灼热的目光。偏偏出停车场的时候又碰上跟他们的车一前一后,祖辰降下他那边的窗户向他们挥手告别,我觉得浑身的血液都要凝固了。

12

眼看跟艾徊拐向不同的路口,我让祖辰靠边停车,他不明所以地照做,我拉开车门就走了下去,祖辰迅速跟过来冲到我面前把我拦住。

"你怎么了?"

"我自己回去就可以。"

"我专门从排练场赶过来接你,你这又是闹什么脾气啊!"

"对不起打扰你排练了,赶紧回去吧。"

说着我就要绕过他走开,却被他一把抓住胳膊,那力气大得我忍不住喊疼,但他并没有要松开的意思。下午五六点钟的街道,人来人往。祖辰的车驾驶位的门还开着,双闪一明一暗地发出有节奏的光,我们就这样难堪地僵持着。

"鹿一冉你到底拿我当什么。"

我沉默,我确实不知道该如何回答,我拿他当什么?司机?陪同?弟弟?或者救场的演员?我突然感到很抱歉,我怎么能这么对待一个明明知道对自己有感情的人。

"我拿你当朋友。"

"我不想当你朋友,我喜欢你。"

"祖辰你放开我。"

"鹿一冉你听见了吗,我喜欢你。"

"你该叫我姐姐……"

祖辰一把将我拉进怀中狠狠吻住我,他的手死死按在我的脑后根本容不得我挣扎。我脑海里快速地过着今天发生的所有事情的片段,觉得混乱得要失去所有力气,只好任他旁若无人地在路人注视的目光下,不管不顾地拉长这个吻的时间。直到眼泪从我闭着的眼睛里滑落被他感觉到,他才缓缓把脸移开,有些难过地看着我。

"对不起,"他用指尖抹去我的泪痕,"我送你回家。"

在回去的路上我睡着了,这些日子以来发生的一切让我原本看似与世隔绝的生活被打破。外面的空气和声音流了进来,让我意识到自己根本没有权利过得那么心安理得。

醒来的时候祖辰把车停在小区门口的路边,车依然发动着,空调以一个舒适的温度在持续运转。

"醒了啊,我看你睡得比较沉,就没有叫你,已经到了15分钟了。"

我坐直身体,解开安全带,有些恍惚。

"回去吧,好好睡一觉。刚才的事情,我不是有意那么对你的……"

"饿了吗?"我看着外面已经完全黑下来的天。

"嗯。"他的语气听起来有掩饰不住的开心。

他是我搬来之后,艾徆以外第一个进到房间里的人。原本我觉得房子挺宽敞的,怎么祖辰一走进来顿时觉得房顶矮了一截呢。他有些拘谨却掩饰不住好奇地四处打量着,我打开冰箱发现里面什么可做的菜也没有。

"要不,我们叫外卖吧。"

我尴尬地递给他一瓶水,他接过去拧开之后递回给我,然后拉开我身后的冰箱,乐了出来。

"厨房能用吗?"

"当然!我又不是不会做饭,只是忘了冰箱里没菜了……"

"行了,你去歇着吧。"

祖辰走进厨房,打开大大小小的柜子寻找可用的食材,最终好不容易找到一包快过期的挂面。他从冰箱里拿出两枚鸡蛋和前几天用剩下的一颗青椒,脱掉外套开始忙活起来。

我看着他熟练地切菜倒油翻炒,烧水煮面,然后煎出漂亮的荷包蛋,竟然有种二人世界过小日子的错觉。当两碗热气腾腾的面条端上饭桌的时候,我感觉自己的胃被那袭来的香气勾得翻天覆地。

"不错嘛小朋友,没看出来还有这两下子。"

"我们穷学生最会做的就是面,经济实惠又快速简单。"

"穷学生?穷学生穿名牌开豪车啊!"

"车是我爸送我的上大学礼物,衣服是我妈买好给我寄来的。钱是他们的,我一穷二白。"

"富二代。"我翻了他一眼。

"可别,我正努力脱离控制让我儿子成为富二代。"

"有志气!"

"行了快吃吧,坨了就不好吃了。"

这顿饭吃得我胃口格外好,对面的大小伙子吸溜吸溜的吃相看着就有食欲。每次跟艾徊吃饭的时候都静悄悄的,他说,女孩子,不能没了吃相。想到艾徊,我的心情瞬间又复杂了起来,今天发生的事情一定不会就这样简单过去,关于我为什么会去见倪唐,而祖辰又是怎么回事,他一定会向我要个解释。而原本这一切其实不难解释,但却让他看到了一个没法解释的样子。

祖辰洗了碗,整理好挽起的袖子,戴上摘在餐边柜上的手表。

"明天还早起上班,你洗个澡就快睡吧,我也回学校了。"

"好。"

抱着他的外套看着他在门口穿好鞋子,他看着我笑了起来。

"你这个样子特别像送丈夫出门的小怨妇。"

"说什么呢熊孩子。"

他伸出手,我把外套递给他,而他却轻轻地把我揽过去抱住我,身上还带着淡淡的葱花香。

"什么时候你才能归我所有?!"

我心里酸酸的。

"我真的好喜欢你啊鹿一冉。"

从那天开始祖辰再没叫过我姐姐,他总是完整地叫我鹿一冉,像宣示主权一般。

13

艾徜几天都没有联系我,这样的安静让我觉得忐忑。我不知道他在想些什么准备怎么做,也不知道该不该主动联系他又该说些什么,于是干脆就彻底等着。每天正常地上班、下班、加班或者闲着,时不常会收到祖辰发来的各种各样的信息,每次看到不是艾徜的时候,我都会有些隐隐的失落。还是觉得自己理亏吧,我想,其实从我跟艾徜在一起的那天开始,我们之间的对错好像就已经注定。因为我接受了他现实的人生设定,他的坦诚很难让他再有什么更大的过错。而我,需要更加小心翼翼地在一个划好边界的框架里生活,稍有不恭便是我的不对,像是违背了早已流传许久的游戏规则。但是,倪唐和他正努力要孩子这件事,他应该告诉我,这改变了最初的关系设定,而我有权利在这种状况下做出选择。

三个大人的拉扯是一回事,如果有了孩子,那是另外一种因果。

公司的一档节目需要临时安排去厦门拍摄采访，适逢跨公历新年，会议室里所有人都恨不得自己能马上隐身不见，我却自告奋勇。所有人都满怀感恩地看着我，领导也如释重负般地告诉我当地已经安排好了协拍团队，一定会尽力配合。

12月31日，我买了一大清早的班机飞离了这座让我内心混乱的城市上空，邻座的姑娘在飞机拉升的一瞬间眼泪噼里啪啦地掉了下来，她戴着耳机望着窗外，手指抵在唇齿之间，竭力压抑抽泣声。我默默递给她一包纸巾，她勉强挤出一个感激的笑容。

离开是一种对彼此公平的方式，它能够让人全身心地关注自己的感受和思想，摒弃那些惯性、奢望和妇人之仁。冷静下来的权衡和选择不是不念情分的冷血，这是对未来的保护。人的情感是会在拖沓中消耗殆尽的，而一个失去了情感支撑的人，在日常的生活中容易变得绝望。我想找到一个快捷的方法把艾徊和我拖出目前陷入恶性循环的困境，我需要一个冷眼旁观的地方，也快无力承受最近艾徊不吭一声就突然开门到来的突兀。

失去联系几天以后的一个晚上，正在浴室洗澡的我听到了门锁的响动，而艾徊并没有告诉我他要来的消息。那一瞬间我看过的所有入室抢劫杀人的电影开始在脑子里发挥作用，我快速地裹上浴袍反锁上浴室躲在门后仔细听外面的响动。

"一冉？"我听见艾徊的声音，松了一口气打开门走了出去。

他看起来像是刚刚参加完会议的样子，穿着西装一脸疲惫，不知道是不是自己的错觉，我觉得他看起来好像比之前瘦了一些。要孩子这件事看来是辛苦，我在心里暗暗嘲笑自己的多余。

"你怎么，突然来了也不说一声。"

"我就想知道你在家，一个人。"他说。

心里突然翻腾上来的那股心虚和厌恶交杂的无力感让我干脆不想开口解释，他竟然也没有再提那天发生的事。门厅的柜子上摆着几个纸袋，艾徊指了指它们。

"马上新年了，给你添置点儿东西。"

"谢谢，我都够用……"

"那件风衣不要再穿了，"他看似漫不经心地说，"如果你喜欢，别的牌子最近出了新款，我可以买给你。"

"不用了。"

他第一次就站在门厅里跟我说话，连鞋都没有换，然后关照了一声让我赶紧擦干头发别着凉就转身走了。

自此，无端的猜忌和门锁突然被打开的响动让我惶惶不可终日精神紧张，并不是问心无愧就能够坦然接受这般神经质的探求。不被任何人侵扰的安全感应该是每个人该拥有的私人空间基本保障，但这里好像从一开始就不是我的私人空间，我不想再这样战战兢兢地生活。

落地厦门，当天的采访工作很快完成，我告别了当地在新年前夜一心赴各自之约的协拍团队，独自坐在住处附近半山腰的小馆子里，喝一壶烫好的梅子酒。临近晚饭时分，馆子里只有我一个客人，看上去50岁上下的老板娘在靠里的桌子摆上他们自己准备享用的菜色。

"是来出差的吧小姑娘？就你一个人？"

我放下酒杯对她笑笑。

"那你要不要跟我们一起随便吃点儿？孩子在外地上学，家里就我和我老公两人，多一个人跨年也热闹。"

我谢绝了她的好意，结账离开。一站地之外就是海边，天色暗了下来，即便是厦门这里，12月傍晚吹起的风还是会觉得冰凉。我步行经过一个小广场，那里有人燃起烟花棒，旁边有卖气球和玩偶的小贩，墙上的大屏里播放着热闹的新年歌曲。我抱着双臂，突然特别想给自己买一条红色的羊绒披肩做新年礼物，鲜红鲜红的那种，于是立即打了一辆车让司机带我去附近最大的商场。我兴冲冲地走进店里直奔店员说出我的需求，他礼貌地向我说抱歉，说店里是有这款的，但是下午卖出去了最后一条。他向我展示了其他款式和相近的颜色，可我就是想要大红色的那种，我问他别家商场的店里还会不会有，他告诉我这个城市里的这个牌子一共只有两家店，另一家距离这里至少有半个小时车程，即便我赶到那里也已经关门了。

没等他帮我打电话确认，便要了地址出门打车往那里奔去，一路上催促着司机心急如焚。39分钟，我赶到那里，店开在一家五星级酒店的一层大厅,门已上了锁。我趴在落地玻璃上努力往里张望,我看到那条红色、鲜红色的羊绒披肩看上去温暖柔软地挂在店中展示柜上的架子中央。酒店的保安走过来告诉我这里已经下班了,我说我想要那条披肩,可不可以找人来打开门卖给我。保安再次告诉我,小姐,这里,已经,下班了。

我就穿着采访时那条纱制的连衣裙站在海边,海风直接吹透那轻薄的衣料抖散在空中。我手指冰凉地掏出手机,给艾徊发了一条信息。

晚上9点钟,我坐在一家酒店顶层的日料店里点了刺身拼盘和清酒,看着窗外的人群。刚才那条信息发出去之后,我就拖着瑟瑟发抖的身体上了一辆停在海边公路旁的出租车,我说,师傅,您能带我去这里最贵的餐厅吗?对,是最贵的。然后他就带我来了这里,我在等艾徊的回复,我想在新年到来之前,改变自己这一年来的人生状态,我无法再以这样不堪的身份和悬在半空看不到明天的心境迈入下一个纪年。

10点,没有回应。我又点了一壶清酒,服务员端上刚烤好的银杏。我给家里打了一个电话,也陆续收到同事发来的祝福信息,我想我的手机没有问题。

11点,依然没有回应。我已经再吃不下什么东西了,酒又上了新的一壶。一直握在手里的手机突然响起,吓了我一跳。稳住神儿之后看到屏幕上祖辰的名字,我直接挂断,害怕其间耽误了艾徊的回应。他又坚持打了两遍，都被我快速挂断，于是他发了一条信息：鹿一冉，你在哪儿鬼混呢不接电话？跟谁在一起？我回复他：我在出差。他发过来三个愤怒的表情：你去外地了竟然不告诉我？我心想我为什么要告诉你啊，估计他自己也觉得这句话说得不太合适，于是紧接着又发来：你在哪儿呢？一个人吗？什么时候回来？我说：厦门，一个人，三天后回去。其实明天还有一个采访任务就结束了，但我想在这里多待两天。他又发了一条一个人当心点之类的就没有再多说什么，这样的跨年夜，像他这样的年纪一定会有盛大的聚会或彻夜的狂欢，这个时间，正是气氛燃烧的高点，哪还顾得上我这个远在十万八千里之外的孤家寡人。

11点半钟，距我跟艾徊下的最后通牒还有半个小时，我的心跳开始沉重并逐渐清晰加速。3个小时，他都没有看到我的信息吗？是忙于什么事情没有看手机？或者想等睡前踏踏实实地好好回复我？还是他手机丢了？难道出什么事了？我开始胡思乱想，并且后悔自己设的这个期限。如果他刚好只是被什么耽误错过了这个时间呢，我话说得那么决绝一副丝毫没有转圜余地的样子，这该如何收场呢。

餐厅里的灯一盏盏暗了下来，只保留了我这里和吧台的区域。服务员见我张望立刻走过来礼貌地对我说不用着急，可以12点半再离开，他们只是在做打烊的准备。

真是贵有贵的道理。

我起身道谢结账离开，不能为了我一个人耽误他们集体下班的时间，况且我觉得呼吸困难，想到外面透透气。广场上的大屏幕播放着芒果台的跨年晚会，主持人欢喜又感慨地说还有10分钟就是2011年了，过去的一年如何如何，而新的一年又将如何如何。人们总是愿意对新的一年寄予厚望，仿佛所有的不如意和未实现都能随之迎刃而解。其实，有什么不同？年不过是计算我们经历了多少个轮回的数字，好让我们清楚经历了如此多的虚幻往复，依然不能逃脱固有的命运。我和身边渐渐聚集起来的人群一起仰着头准备迎接最后的倒数，不同的是他们的希望节节攀升，而我的期待在层层下坠。

人群开始发出倒数的声音，10、9、8、7……他们呼喊的速度总是比秒针行进得要快，时间是冷静而公平的，是人们总在迫不及待。

"新年快乐！"周围的人欢呼拥抱，小情侣们认真地接吻，估计他们相信了不知道谁说的，在新年钟声敲响的时候吻住身边的人会一生一世在一起。一生一世，你确定自己身边的是那个对的人吗，就不顾一切地想要抓住。

时间开始在新的一年轮回，我随着四散的人群走向我住的酒店的方向。艾徊终于还是没有回复任何信息，我开始嘲笑自己的不自量力。明明就是一个无解的问题，偏偏我还抱着期望得到满分的心情投递出去。难道潜意识里我根本就知道会是这个结果，并且隐隐期望着就想得到它吗？

躺在禅主题酒店的地铺上,我翻出了和艾徊的对话信息。几个小时前我发给他的是:我愿意嫁给你,以这样的方式继续和你在一起。今晚12点之前,给我们一个新的开始。或者,各安天命。

你能用几个小时的时间来决定一段婚姻关系的结束和开始吗?我知道,艾徊一定不能。而我说出这样的话,他也知道不会是威胁或闹脾气。我们都累了,却无力改变现状,所以这样,相当于我说了分手,而他选择默认。

14

昨天摄入体内的酒精开始综合发挥持续的作用,我睡得格外完整。一觉醒来已经早晨9点多钟,手机昨晚被我开了静音,此时显示了十几通未接来电,当然不是艾徊,他像人间蒸发了一样无声无息。我连忙回拨电话给这十几通未接的主人,祖辰在电话那头已经急得跳脚。

"鹿一冉你这个女人真是让人不省心!"

"一大清早的,你大呼小叫的干什么!"

"清早?都快吃午饭了你告诉我是清早?我一晚上没睡5点出门赶飞机那才叫清早!"

"你这是去哪儿啊?"

"我到厦门了,赶紧的,你在哪儿呢?"

祖辰干出这种事我真的一点都不意外,于是把待会儿要采访的地点发给了他让他直接过去。

他竟然比我先到,那是家咖啡厅,他点了一堆各种各样的吃食正往嘴里塞。

"饿死我了。昨晚夜宵也没跟同学去吃,早晨赶飞机没来得及,还从上飞机一觉睡到落地。哎你也赶紧吃一口,我给你点了黑咖啡和松饼。"

我看着他有些凌乱的头发和白色的帽衫,俨然一副少年该有的样子。见我盯着他,祖辰也停止了咀嚼抬头看我。

"啧,你昨儿没少喝吧,瞧你那眼睛肿的。"然后伸手摸摸我面前的咖啡,"赶紧喝,趁热,黑咖啡能消肿。"

"你来干吗?"

"当然是陪你啊!要不是昨晚最后一班已经飞了我就立马过来了,这不赶的早起第一班。新年伊始的,你独在异乡为异客,想想就可怜。"

"我好容易一个人出来会儿,你这是存心扰我清净。"

"还好容易一个人清净,你的日常都快成大隐隐于市的孤独修行者了,我来解救你,你也不用特别感谢我。"

当地协拍的工作人员陆续到来,我也就没工夫再继续跟他贫下去。对稿的时候,用余光看到祖辰正拿着平板电脑全神贯注地盯着看。我看起来孤独吗?我一直觉得自己有艾徊,并不是一个人生活在那座城市,可其实呢,我始终只拥有自己。

采访工作彻底完成,我查看了拷在要带走的移动硬盘里的素材，送走受访者和所有工作人员，站在门口看今天格外好的阳光洒在安逸的街道上，祖辰拉着箱子站到我旁边。

"阳光所照之处，便是我安身立命之地，布雷兹特里特说的，"他看着和我同样的方向，"所以这位女士，你住的酒店里，是否能照进阳光？"

我住的酒店所有房间都预订满了，附近的也是一样，所以祖辰强行把行李搬进我的房间非要跟我挤在一起。

"我不会非礼你的，反正地板那么大，我们可以各睡一边。"

原本我已经给自己安排好行程，下午要去厦门大学转转，为了不耽误时间，我就没多计较，带着这个欢天喜地的大儿童出门坐公交车，想着晚上回来再看看有没有空出来的房间。

我像是被突然被无罪释放的嫌疑人，不知所措且充满窃喜地享受着彻头彻尾的自由。没有了背叛似的愧疚，没有了虚无的束缚，我打从心眼儿里原谅了自己曾经对自己和他人命运的不恭。至少我愿意认错，我对自己说。

祖辰陪我在厦门大学的校园里闲逛，我们蒙混在元旦假期没有回家的学生人群里，去食堂吃饭，在草坪上晒太阳，观看他们自发组织的新年晚会，肆意地起哄或者热烈地鼓掌，像台上的演员是自己的朋友一样。散场之后随着他们去周边的小巷里吃烧烤喝啤酒，大树下支起一张张简单的矮方桌，空气里充满着调料撒在炭火上燃烧后的香气。坐在他们的邻座，看他们豪迈地干杯敬酒并很快喝醉，然后大声谈论自己对前任的不屑和他们总有一天要实现的理想。有人哈哈大笑，有人安静沉默。我问祖辰："你平时在学校里也是这样的吧？"

他咬着肉串饶有兴趣地看着邻桌的歪七扭八说："我才不这样，我从来不喝醉，我喜欢清醒着看别人醉。"

"心机真重。"我喝了一口冰凉的啤酒忍不住龇牙咧嘴。

祖辰拉着小板凳朝我这边挪了挪，"哎，你喝醉之后的样子比平时可爱多了。"

我想起那晚在KTV他凑上来吻我，然后被穆子维掀翻在地。他好像也想到了那件事，撇撇嘴又拿起一串土豆，"那丫头真是多管闲事把穆子维招来。"

那晚穆子维的突然出现确实很难让我认为是个巧合。

"你是说穆子维是被人叫来的？"

"欸！不然你以为呢，他跟你有心电感应啊！"

"谁叫来的？"

"王明晓！这个事儿精……"

"谁？"

"我师妹！那天在咱们隔壁包间，看见你喝醉了我跟前跟后地照顾你，就把穆子维叫来了。"

"你照顾我了？"

"鹿一冉，你能不能不要只记得我非礼你的段落，而忽略了你哇哇直吐的时候我在一旁拍背递纸端茶倒水啊？"

"你那是乘人之危。"

"难道我要眼睁睁地看着你一头栽进马桶里淹死？我都没嫌弃你那一嘴的酒气……"

"打住！赶紧吃完走人。"

我本来想问王明晓是谁，她为什么会认识穆子维，又为什么会知道我和穆子维的关系。后来想想这些好像不重要，世界上那么多人，谁和谁都有可能遇见。

"你还想他吗？"

我和祖辰坐在末班公交车上。

"谁？"

"穆子维啊！还能有谁。"

对啊，难道他该问一直隐形在我生活中的艾徊吗。

"偶尔吧。"

"还想呢啊……"

"嗯，在我每个月那几天肚子疼得想撞墙的时候。"

"为什么？"

"不为什么。"

"哦。"

然后我们就都看向窗外。这座沿海小城的夜晚格外安静，尤其是偏离市中心的街道，几乎都没有什么车辆经过。橘色的灯光把树影照在地上，风起的时候，树叶沙沙作响，夹杂着从海上带来的湿润气息拍打着裸露出来的皮肤，让我忘了此刻正值北方的寒冬。

快到的时候我开始用手机查附近可以预订的酒店,祖辰看见了拿过我的手机揣进自己口袋。

"你就让我彻底跟你在一起待两天吧,"他垂下眼睛,"我就是想离你近一点,绝对不会让你为难。"

我心里莫名涌出一股难过,这么好的男孩子,明明正是享受校园青春的大好年华,可以肆意地去疯去爱,偏偏要浪费时间在我这里隐忍克制,配合着我连自己都无法掌控的人生步调。

我翻身看着在两臂距离之外裹着被子蜷成一团的祖辰,回到酒店之后他就自觉地抱着一床被子铺在了那里。

"要不要在咱们中间放碗水?"方才他湿着头发盘腿坐在地上问我。

"好啊,你去楼下厨房借个碗。"我愿意配合他这点儿矫情的小心思。

等我洗好澡出来的时候,发现他已经睡了,我们中间的地上放了一个盛满水的高脚杯。真是个较劲的小朋友,我轻手轻脚地关了灯。

"睡了吗?"他突然背对着我说话。

"嗯,睡了。"

他翻过身来跟我面对面。

"那你现在是在说梦话咯?"

"嗯,对啊。"

"那是不是我说什么你都会回答'嗯'?"

"嗯,可能吧。"

"那你当我女朋友吧。"

"嗯,好像不合适吧。"

他不再说话,在黑暗中沉默着。

"你能不能告诉我,到底喜欢我什么?我好试着改改,让你赶紧改邪归正。"

我听见被子摩擦的沙沙声,祖辰把手臂伸向我这边,摊开手掌。我犹豫了一下,也伸出手去,落在他手掌旁边。他缓缓翻转手心,覆在我的手背,然后慢慢握紧。

"你先别拒绝我,至少这两天别,就当,送我的新年礼物。"

他就这么睡着了,那个盛满水的高脚杯就与我们握住的手近在咫尺。

我不敢喜欢你啊。

我轻轻地把手抽离他的掌心。

每次跟你在一起的时候,我都能格外清楚地看见努力想躲避的那些自己。我想忘了那些破败的时刻,即便是自欺欺人,我也希望能努力演出另外一个角色,在生活的阴影里,像个正常的普通人那样世俗而不特别地耗尽所有的欲望。

接下来的两天,祖辰一刻不停地拉着我去尽量多的地方。坐船去鼓浪屿,按照攻略去上面推荐的每一家小店,在巷口买新鲜的水果,剥好皮塞进我的嘴里。带我去普照寺烧香,买了两束最贵的香火拉我一起跪在蒲团上,闭着眼睛认真地许愿。去菜场的小餐馆捞最新鲜的鱼虾做午餐,看放学的孩子三两追逐着从我们身边的阳光里跑过,然后拉着我在海边散步,不远处是正准备落下的夕阳。有举着拍立得的年轻姑娘跑到我们前面突然停下转身给我们拍了一张照片,然后轻甩着手里的相纸迎面走来,说自己是厦大的学生,假期出来赚生活费,问我们要不要10块钱买下这张合影留作纪念。祖辰连忙在口袋翻找,却没有零钱,然后抢在我掏钱包之前递给那姑娘张100块,姑娘说找不开,他说那就当支持姑娘的学业了,让她好好学习。姑娘笑得跟朵花儿似的把照片递在他手中再三感谢离开。

"她看起来明明比你大的样子你还让人家好好学习,而且一张照片100块也太贵了。"

"100块买张照片总比说服你跟我合影半天之后可能还白费力气要来得划算。"

他欣喜地看着这张又小又不太清晰的合照,画面里我们牵着手,被夕阳映红了脸,我看向远方的海面,而他看着我。

日后想起,这是我们唯一的一张合照。

15

准备返京的前晚,我们早早收拾好行李,准备休息。这两天紧凑的行程让我疲惫不堪却感觉充实,我在想,如果祖辰没有出现在这里,我和艾徊以沉默分手后的这三天,一个人可能没那么好过,孤单会令人变得卑微而自我怀疑,说不定我已经经不住内心空荡荡的回声转而向艾徊妥协认输。艾徊用沉默抗拒着我的冲动和任性,他在等我自我冷静之后默默回到他身边吗?究竟是我太自以为是,还是我太了解艾徊的戏码。

黑暗中,铃声响起。手机在离祖辰不远的茶几上充电,他起身拔掉充电器问我:"艾徊?他怎么这会儿给你打电话?"

我感觉到血液瞬间涌上大脑,接过手机,我快速走进洗手间关上门,努力让自己镇定。

"喂。"

这个声音在沉默了那么多天后响起,让我身体里所有的委屈从本已被封存的地方争先恐后地冒了出来。我努力让自己听起来没有哭,我得让他知道我跟他一样冷静甚至比他还要不在乎。

"一冉?"

"嗯,在听。"

"明天回来吗?"

"对。"

"好,我去机场接你。"

我一点儿都不惊讶他如何会知道我的行程,他有我所有电子设备和账号的密码,只要他有意,我在他那里就不会有什么秘密。估计他是没有想到我们之间的这次拉锯我会如此沉得住气，于是打来电话对我试探。

"不用了，我一大早回去，直接进公司，采访的素材需要尽快整理。"

"我送你去公司。"

"真的不用麻烦，我打车就好。"

"不用麻烦？一冉，这不是你该跟我说话的语气。"

"那我该用什么语气？"

沉默。

"倪唐……怀孕了。"

我坐在马桶盖上，一年多前几乎同样的熟悉场景穿破记忆的屏障重重砸在我的胸口令我呼吸困难，急促的心跳伴随着剧烈的头痛几乎让我失控，那些零零碎碎的片段翻腾着争先恐后地在我的眼前出现：我坐在手术室旁的小房间里在手术同意书上签下自己的名字，手术室里传来医生和护士谈论昨日聚餐的嬉笑声；张开双腿躺在手术台上，戴着口罩的麻醉师对我数3、2、1……我的意识渐渐模糊，手术灯的光迅速后退抽离，他叫我的名字，我想回答却无能为力地陷入彻底的黑暗；我坐在轮椅上被推出来，穆子维在隔着一扇扇拉帘的病房里喂我喝一杯红糖水，护士催促我们离去腾出床位，我一步步像踩在刀子上一样全身力量靠穆子维支撑着走出医院，肚子和下体撕裂般疼痛……

我开始精神恍惚，想起合租房里床头的那一小簇失水的桌花和散落在它旁边的抗抑郁药片，我听见敲门声，啊，是隔壁的租客又在催促我赶紧从洗手间里出来了吧,对不起我不是故意在这里那么久的,我……

"鹿一冉?"是祖辰的声音,是他在敲门,我在厦门,不是在合租房里。

"鹿一冉你干吗呢那么长时间?"祖辰的敲门声变得急促。

"一冉,你跟谁在一起?"电话那头,艾徊询问的声音变得不悦。我挂断了电话,看着祖辰打开门冲了进来。

我毫无预兆地号啕大哭,声音不受阻拦地挤压出我的喉咙发出难听的低吼。祖辰显然是被这个景象吓到了,他迅速把我的脑袋揽入怀中,不住发出像哄孩子般的"shi shi"声。他用力抚摸着我的后背,然后蹲下身子,把我踩在地上光着的脚握进手心,那冰凉迅速吸干了他掌中的温度,他终于冷静一些,连忙横抱起我走出洗手间用被子将我裹起来抱在胸前。我的眼泪鼻涕通通落在他的肩膀上,他不住地轻抚我的头发在我耳边说:"别怕,我在。"

手机再次响起,祖辰看了眼上面艾徊的名字迅速挂断。我从未想过艾徊会如此执着,接二连三地挂断之后祖辰终于带着怒气接了起来。我听不到电话那头究竟说了些什么,只听见祖辰用前所未闻令人不寒而栗的语气说:"鹿一冉是我的人,轮不到你操心。"

祖辰从身后抱着我睡了一整夜,中途偶尔惊醒或流泪,都感觉得到他第一时间摸摸我的脸,说没事没事,只是梦。

所以直到飞机落地，在航站楼出口看见艾徊的那一刻之前，我都恍惚觉得一切不过是自己昨晚一场冗长和艰难的梦。

艾徊迎着我和祖辰走上来，我条件反射般地想抽出被祖辰握住的手，却被不容辩驳地紧紧抓住。他戴的墨镜遮去了大半的脸，稳稳地在艾徊面前站定，身高优势令他看起来在压迫性地俯视对方。而艾徊始终只看着我，我红肿的双眼隔在深黑的镜片后却依然躲避着他探寻和冷峻的目光。

"一冉，我们走吧。"

艾徊上前一步想要牵我的手，却被祖辰横在当中，他轻而易举地把我甩向身后。

"我说过了，鹿一冉是我的人，轮不到你操心。"

我闭上眼睛，两人的对峙让我害怕，我没有勇气和力气去做任何反应或者站在谁一边，无法顾全自己的人盲目出手只会拉着所有人一起沉入深渊。

"你的人？从一年前开始，她就属于我，只属于我，现在是，以后也是。"

"是吗？那你名正言顺地离开你妻子娶了她。"

这显然戳到了艾徊的痛处。

"做不到吧，那么，请你让开。"

祖辰拉着我要走，艾徊没有任何要让步的意思。周围的人拖着行李匆忙地迎来送往，根本没人关注这里即将爆发的紧绷张力。

"艾徊，我什么都不怕，可别让你自己太难看。"祖辰松开我的手,俨然一副要动手的架势,我赶忙从身后抱住他的腰,此时一个声音的响起阻止了事情变得更坏,或者,让事情彻底变坏。

"原来是你们啊,"倪唐笑着走近,"艾徊一早就出门说要到机场接客户,我想着什么客户这么重要啊,所以跟来看看。"

"你不在家休息跑到这儿来干什么?"

我被祖辰从身后拉出来站在他旁边,艾徊皱着眉头看倪唐。

"他要接的不是我们,只是恰巧遇见罢了。"祖辰说。

"那可真巧!一冉没休息好吧?看起来很累的样子。"

"她在海边贪玩着凉了,没关系的,"祖辰根本不给我开口的机会,"那没什么事儿我们先走了,再见。"

祖辰揽过我的肩膀向地下车库走去,我听见背后响起一记脆生生的耳光。

Chapter 3

半泽景子
BAN ZE JING ZI

我尖叫一声站起身想要爬上池边,景子顺势一把搂住我的腰,仰起脸看着我,脸颊被水温染得红扑扑的,眼睛里闪烁着祈求的目光。

"那是你最后一次见到艾徜吗?"
"如果是就好了。"

1

那天,我回到了艾徜给我的那个家,刚走进楼道,就看见满地狼藉。我所有的东西被胡乱扔在地上,内衣、鞋子、调味瓶、牛奶……不分所有地混杂在一起,散发出难以名状的浑浊味道。我不觉得难过,但却特别地害怕,像家里进了贼那种害怕,我不知道他有没有找到想要的东西已经满意地离开,于是我捡起一把剪刀踩着破碎的玻璃碴慢慢靠近房门,房门是关着的,我小心翼翼地伸出手去摸门上的密码锁,它已经不再读取我输入的信息,发出一次次错误提示的声响。我该报警吗?或者打电话给艾徜大声质问他?显然,这都不是属于我的权利。我蹲了下来,想收拾好这烂摊子赶紧离开,但该如何下手啊,而我又该如何离开、去往哪里呢？电梯门打开，邻居外出回来，手上抱着大大的购物纸袋。这个在冬天里只穿了一条羊毛连衣裙的女孩惊讶地站在电梯口看着眼前的一切，碰到我的眼神时很快收回目光，从容地踮着脚尖绕开挡在门口七零八落的东西打开自家房门。这是我住在这里以来第一次知道我的邻居长什么样子，在自扫门前雪的城市里，视而不见成了约定俗成的彼此尊重和基本礼貌，而这种漠然此时恰到好处地保护了我的自尊。

手机响起，我坚持只让祖辰把我送到楼下，此时他打电话给我，怕是尚且没有离开。我不知道该怎么跟他说眼下这状况，但还是接了起来，努力让自己听起来正常。

"到家了？"

"嗯。"

"冷吗？记得把壁挂炉打开。"

"好。"

"准备吃什么？要不要我买点什么给你送上去？"

"不不……那什么，我叫外卖就好。"

"哦，怎么你说话那么大回声？"

"我，在洗手间呢。"

"你听起来语气怎么怪怪的？"

"没事儿，可能累了吧。我先洗澡，你快回去吧。"

"有事给我打电话。"

"好，再见。"

我总不能在这里蹲一晚上，撑着发麻的双腿站了起来，我努力让自己恢复理智。翻出了一条床单铺展在地上，没有箱子，我想着把东西包裹在里面也能拖走。啊，绸缎鞋沾上了番茄酱，贝壳包的皮面多了几道划痕，新买的羊绒大衣袖子吸干了地上的酱油，兔子玩偶……我的兔子正泡在打碎的辣椒油里，那是我第一次离开家去外地上寄宿学校的时候妈妈在学校门口的小店买给我的，很普通的一只巴掌大的绒毛白兔。从那时候起我每天晚上睡觉都会把它放在枕边，它的耳朵都破过一次了，我摩挲着上面自己缝补的粗糙痕迹，鲜红的油渍从它的耳际蔓延开来，头破血流的样子。我翻出纸巾使劲儿想把油渍从小白兔身体里吸出来，它始终弯着嘴角看着我，眼睛黑油油的，看得我眼泪噼里啪啦地掉了下来。我拿手去抹，却把辣椒油蹭进了眼睛里，火燎一样的疼。又一次电梯门打开的声音，我用力挤着眼睛拿袖子想把冲出来的眼泪蹭掉，有鞋子踩碎玻璃向我走近的声音，是谁呢，我想睁开眼睛可实在无能为力。来人站在我对面停下，我问："是谁？"他拉过我擎着兔子的手，我终于再也控制不住内心的崩溃和严重灼伤的疼痛扑进他怀里哭出声来。

祖辰说："什么都别拿了，跟我走。"

2

烤肉馆要打烊了，老板娘礼貌地前来说抱歉，我和半泽是店里仅剩的一桌客人。夜里的山下黑漆漆的，远处的山上亮起的点点灯光勾勒出雪道的路线。

"夜滑开始了,"半泽掏出一根烟点上,朝着山的方向吐出一口烟雾,"你的那些东西,不是艾徊扔出来的,是倪唐。"

"是谁都没关系,那本来也不是我该待的地方。"

"艾徊后来都帮你收起来了,放回了房间里。"

"嗯。"

"那天晚上他和倪唐大吵一架然后去那里找你,但你已经离开了。"

他把手里的烟盒和火机递给我,我犹豫了一下,接过来抽出一支点上。十几年没碰这东西,突然一口吸进肺里,大脑嗡的一下立刻异常清醒,饱满得像要把紧绷的皮肤胀破。

"那我应该怎么办,守在那里像条狗一样等他回来摇尾乞怜吗?"

"你为什么总要用这样的语气提起他?他多怕失去你你不知道吗?"

"我知道,谁愿意失去自己悉心栽培了那么久的作品。"

"作品?你这么看自己?"

"从开始认识艾徊到结束,我完全像换了一个人的模样,从里到外,言行举止,所有的行为习惯甚至思考模式,都是他想要的样子。如果他想得到的是我,为什么要无微不至地改变我,他分明看不起原本拿不起托不出的我,我原本所有的衣着用品都被他扔干净了。我的皮肤,胖瘦,吃什么喝什么化怎样的妆他样样都要插手,连送我一件礼物,都要先回答对它的来龙去脉身份价值才能得到。我究竟是一个什么?宠物吗?玩具吗?"

"你没有变得更好吗?"半泽踩灭烟头,"没有更多人看到你喜欢你吗?他只是尽快地把更好的生活带给你让你在最短的时间内迅速蜕变成长,难道你宁愿自暴自弃地腐烂在那浑浑噩噩的生活里因为抑郁症自杀吗?"

"要死要活是我自己的事!他根本就是个又自私控制欲又强的变态!"

"鹿一冉你真是不知好歹!"

一个响亮的耳光甩在我脸上。我和半泽站在昏黄的路灯下,他紧紧攥着拳头瞪大眼睛。我没有去摸火辣辣的脸颊,被冰冷的空气吸得失水的皮肤开裂似的疼。我转身要走,被半泽一把拉住。

"你跟我去见他。"

"你放开我!"我努力挣脱,外套被半泽拉扯着脱离我的身体,寒冷从四面八方聚拢过来,透过单薄的衣服侵入每一个毛孔,我条件反射般抱住双臂,想起最后一次见艾徊时的情景。

我从未想过自己在离开紫星家园半月后,会以那样的方式跟他相见和告别。那天,我头昏脑涨地从一大堆视频素材中抬起头,从工位上站起来准备去茶水间接一杯热水。即将路过前台的时候,看到总监正站在那里和什么人殷勤地握手寒暄。然后,眼前的画面开始变成了慢镜头,胸前的工牌随着我的步伐有节奏地敲打着手里的水杯,高跟鞋从地毯踩上瓷砖区发出清脆的嗒嗒声,我仰起头,用另一只手抵住酸痛的颈椎,眼神自然地飘向左前方,一股熟悉的气味顺着我的鼻息钻进大脑,引发了心脏停止跳动时监控仪器发出的刺耳长鸣,我看见艾祂露出那种没有温度的得体笑容。所有的感官系统自动封闭起来,我机械僵直地向前走,和他擦肩而过,像从未交集的两个陌生人,眼睛里完全看不到对方。

我躲进会议室,口干舌燥喉咙发紧。那天祖辰带着我,拉着从厦门归来还未开箱的行李径直离开,他告诉我不是所有事情都要收拾停当,还有一种解决方法叫作不管不顾。

我握着那只被弄脏的小白兔,跟在祖辰身后,长久地回头看着那些被留在原地如弃草芥般的东西,心里像被一勺勺挖空般的疼。它们的价值不仅仅是一串串的数字,那是我为自己赢得的奖赏,是我用来被交换和改变的一个个证明。我可以从第一件到最后一件准确排列得到它们的顺序,那是我一步步失去原本的里程碑。我没有换掉联系方式,那只是形式主义的徒劳,也没有把任何电话号码拉黑,因为我总不能拒接所有陌生号码。只要艾祂愿意,他至少能在我们公司准确地找到我,就像今天这样。

手机上时间的数字像是静止了似的。从18层楼的落地窗看出去,脚下的奔忙显得微不足道,直到对面楼的玻璃墙把落日刺眼的光芒折射进来,又很快消失,直到琳琅的招牌霓虹亮起,我告诉自己,可以了吧,下班的时间都过了,艾徊总该离开了吧。拧开反锁的门,轻转把手拉开一道缝隙,办公区的灯几乎都灭了,墙脚下安全指示灯发出幽幽的光亮。我松了一口气,关了灯走出会议室,地毯的触感让脚步变得无声无息。突然我被从身后抱起,还没等我来得及叫出声那人就两三步退回了会议室,门的锁扣迅速发出咔嗒的声响。他把我重重地放下,180度扳转我的肩膀,紧紧扼住我的喉咙。我被抵在墙上动弹不得也发不出任何声音,呼吸困难和惊恐让我瞪大了眼睛双脚离地双手胡乱地在空中拍打。他默默地等了这么久是要找机会杀了我吗?在这里杀了我吗?窗外的灯光照进来打在他的手表上发出微微寒光,那是我攒钱送他的第一件礼物,跟他其他的表比起来价格简直不值一提。但他总是戴着,表带都已经换过一次了。我的眼泪鼻涕开始禁不住地流下来,力气从身体里渐渐游走,他死死盯着我失焦的双眼,怎么呢艾徊,你看起来为什么比我还呼吸困难。我闭上眼睛,不再挣扎,心里某一块地方甚至变得安然,像走失的孩子终于看到了自己的家门一样。他突然松开手,我一下跌坐在地上,大口快速呼吸着,所有的理智和情绪一下子冲了回来,我连忙起身想去抓住门锁逃脱,却被揪住头发一把抓回来甩到桌子上,椅子的靠背撞上我的小腹顶得生疼,我扑倒在桌子上,感觉艾徊迅速压了上来,他的手胡乱地企图想把我套装的裙子拉起来,指甲突兀而硬生生地划过我的皮肤,我尖叫,他迅速用一只手捂住我的口鼻，我呜咽着拼命挣扎，感觉自己的下半身赤裸地暴露在空气中。

窗外的城市在此刻变得格外冷漠，楼下的那条街道就是我们第一次相遇的地方，他穿的那件浅灰色毛衫看起来舒服极了，笑容在寒冷的空气中也让人觉得安心和温暖。而此刻，我无法想象这是一幅怎样的画面，无法想象他的姿态和表情，他的力气大到我根本无法动弹。我的心一路沉下去，曾经在那里为我们搭建的那个特别而安宁的世界轰然倒塌。我衣衫不整地站在失去围墙的世界中央，才看到原来窗外的鸟语花香和美好的一切不过是镜花水月的假象。外面一片肮脏虚无刻薄，而我们曾经，就自欺欺人地处在污秽横流的中央。

"对不起……"半泽抻开衣服向前一步。

艾徊突然地放开我冲出会议室摔门而去。

我倒退一步，牙齿咬得咯咯直响看着半泽。

我撑起身体离开会议桌，扶起倒在一旁的盆栽，拉好歪七扭八的衣服。

我转身就跑，半泽追在身后越来越近很快把我包裹在外套当中紧紧抱住。

我踩着高跟鞋，挺直身体，一步步走回工位。

"我求你跟我去看看他吧，"半泽在我身后说，"他已经死了 8 年了。"

艾徊，死了，吗？

3

去看他的那天北海道没有下雪,风刮出了朗朗晴日。我穿着前日在街边小店里买的和服,外面套着厚厚的罩衫,头发在脑后绾成一个髻。半泽在旅馆的门口等我,旁边停着一辆老款的凌志轿车,保养得很仔细的样子。他站在阳光里看了我一会儿,像墙角正在晒太阳的白黄相间的猫咪一样眯着眼睛,然后为我打开了副驾的车门。

车子朝山里开去,小路两旁都覆盖着厚厚的白雪,在阳光下反射出刺眼的光。

"你和服的布料上印的是兰花吧,他喜欢兰花。"

我掏出太阳镜戴上。

"他总是说,真正的好人家,总是不会不停更换最新款的车,而是把一辆好车一直悉心保养得很好,然后开很久。"

我拿出口红,在嘴唇上蹭下鲜艳的红色。

"你这么处心积虑地接近我,就是为了带我来看艾徊?"

"这么说就不公平了啊,"半泽从容地转了一个弯,"是你自动找上门来,这究竟是巧合,还该说是命中注定呢?"

我扭过头靠在椅背上不再说话,那天在机场,我离开洗手间走到售票柜台,最近起飞的一趟航班就是去往札幌。这一切并不是谁处心积虑的安排,却是冥冥之中的指使。

沿着小溪旁的路开上来,道路两旁的温泉指示牌越来越多。半泽在路边凸出去的一小块空地把车子停下,带着我走过了一座吊桥，到了溪水的对岸，不远处有一片白墙红顶的小房子，掩在松树围成的矮墙之中。看起来也是一家温泉酒店吧，但是大门外并没有任何招牌和指示，只在门铃旁的位置用几乎跟门框颜色一致的木头作了一块巴掌大小的牌子：一井泉。出来开门的老先生穿着干净平整的旧浴衣，肩头披了一块厚厚的羊毛毯，半泽和他互相欠身问好，看起来相识了许久。我也连忙鞠躬问好，老先生还礼之后深深地看了我一眼，眼神笃定明亮。他引着我们沿石子路走过一片枝丫上挂着白雪的樱花树林，不远处温泉冒出的热气袅袅飘散。

他请我们在茶室坐下，点燃了一支香双手插在香炉当中。墙边炭火炉上的小铜壶发出即将沸腾的声响，老先生拉开一侧糊着白纸的推拉门，穿鞋走出去，外面是一块小小的四方形天井，雪被扫在院中的大松树下，露出地面的青色石板。他掀开井口圆形的大木盖，开始一下一下地压水出来，水经过管口流进一只粗糙的坛子里，老先生用圆柱形的竹筒勺从里面取出水来漱口净手。榻榻米上的矮桌里暖烘烘的，棉围布盖在我们腿上。推拉门没有关，老先生正坐在我们对面认真而恭敬地按照工序奉茶。半泽递给我一块装在精巧的青花瓷盘中的小点心，咬下去，香糯清甜。我双手接过老先生递过来的茶碗，轻声致谢，然后跟随半泽一起三转茶碗，再缓缓送到嘴边。四周安静无比，风声通过树梢传来，屋檐下的风铃脆生生地响起，甘苦温热的液体一路暖进心里抚平了我所有躁动的神经。

老先生自始至终一言不发直到离开。半泽起身站在侧门旁看着头顶的阳光,深吸了一口清冷的空气。

"准备好了吗,他等你很久了。"

我随着半泽穿过回廊走向院子深处,眼前的山越来越近却总是无法到达,小道上的积雪也没有被清扫和涉足的痕迹。我穿着一双厚底的布靴踩着半泽的脚印步步前行,十几年前那样忐忑又莫名兴奋的感觉愈发强烈地袭来,就像那天晚上,我踏上石阶,走过木质走廊,跟着艾徜走进那座四处盖着白布的房子,将自己完完全全交付于他的手中。

转过弯,不远处一座小石亭孤零零矗立在周遭白皑皑的雪地里,六根柱子,矮矮的一圈围栏,折伞似的圆顶,没有入口,没有桌凳。半泽在不远处停下来,等我走近,然后把手里一直拎着的草编篮子递给我。

"去吧。"

"哪里?"

"他就葬在那座亭子下面。"

我接过篮子,并没走过去。曾以那样的情境最后一次见面,如今十几年过去,没有拍过一张合照,我都快忘了艾徜究竟长什么样子。他在我心里破碎成一部部细小的片段,气味和质地的触感,像一块凉薄的瓷器、一方细腻的羊绒、一杯散发着醇厚果香的红酒、舌尖融化的海胆或者萦绕低回的大提琴。我对记忆的保护让我把他拆散筛选,揉进不被发觉的日常。我不想恨他,更不愿因此讨厌自己。我无法逆转的习惯带着他为我养成的基因，使我不可能忘记曾经有这样一个人出现在我的生命，于是我选择不带情感地物化他留给我的记忆，当作稀松平常的纪念。

而今，我又该如何对着一座冰冷的石亭拼凑支离破碎的情感？

我止步不前，把手中的篮子放在脚边的雪地里。

"怎么了？"半泽把篮子提回手中。

"你要我来见他，我来了，也见到了，可以走了吗？"

"飞过两千多公里，离别十几年，就剩这最后几步，你都不愿意走过去跟他说句话吗？"

我看了一眼篮子里的白布盖着刚烫好的清酒，和一捧白色的小雏菊。

"对不起，我不太舒服，而且，好冷，我要回去。"

说着我转身快步往来时的路走去，像落荒而逃一般几乎小跑起来。身后的半泽追了我两步便停了下来，他大吼一声："鹿一冉！"我的心脏怦怦跳得飞快，被一股莫名的恐惧充满，迎面撞上了正用托盘端着酒壶的一个年轻女孩。

"您没事吧？"她扶住惊魂未定的我，眼睛细长明亮。

"没事，对不起，碰坏了你的东西。"说着我蹲下来把酒壶的碎片捡进托盘里，慌忙间被瓷片划伤了指尖。

女孩"啊"的一声，然后迅速捉过我流血的手指放进自己嘴里，她轻轻用舌尖碰触伤口缓缓吮吸，我第一次被同性如此亲密地碰触身体，不禁赶忙将手缩了回来。

"谢谢,不用了,没事。"我起身把装着碎片的托盘递给她。

"唾液是可以消毒的,抱歉一时情急冒犯了您。"

她穿着印有大朵牡丹花的和服,头发顺直披散着,刘海儿整齐地盖在额前,皮肤细腻白皙,只在嘴唇中央点着血红的颜色。

"您好,我叫景子,刚才为您沏茶的是我父亲。"

"多有打扰。你是……中国人?"

"不,我是日本人。"

"啊,那你的中文说得真好。"

"故人教的。"

"故人?"

"艾徊,这个山庄是他建起来的。"

"哦……"

"快回屋子里吧,外面太冷。"

景子迈着小碎步走在我前面,木屐叩在回廊上发出好听的声响。我跟着她走进一间侧厅,她拿出纱布和茶叶帮我指尖的伤口消毒。

"我们这里的生活比较落后,请你别见怪。"

我摇摇头,打量着房子里的家具,感觉都已经用了许久。

"你一直住在这里吗?"我问。

"对,从 14 岁开始,到现在 12 年了。"

"你和艾徊……"

"爸爸是这里的工作人员,我妈妈去世早,所以跟爸爸一起生活在这里。"

"你爸爸看起来,年纪不小了呢。"

"对,他42岁的时候我才出生。"

"啊,这样。"

"鹿、一、冉。"她笑着看着我叫我的名字。

"你也认识我。"我心里有些怪怪的,陌生人对自己看起来无比熟悉,这种隐隐被关注的未知,让我因摸不清事情的本相而产生抵触。

"我学写的第一个中文词,就是你的名字。艾徊喝醉之后,嘴里总是念三个字。听得多了,我就好奇,他告诉我,这是他的爱人的名字,我就让他教我写出来。"

"他爱人的名字是倪唐。"

"我知道,那是她曾经妻子的名字。妻子,不一定是爱人。"

当晚我和半泽在这里借宿,下午的时候天突然阴沉下来,不久就开始飘雪,景子和她父亲育树坚持留我们住下,说刚下雪时,路面会格外湿滑,这样太不安全。

打半泽从石亭回来,就没有跟我说过一句话,喝得醉醺醺的。晚餐过后,景子带我去她的房间,从柜子里拿出另一套被褥。

"实在抱歉,冬天是这里旅游的旺季,那边的客房都被订满了，委屈你和我住在一起。"

"太麻烦你了，"我这么说着，却想起今天一路进来的时候并没有看到什么客人，"那么多客人，这里还这么安静，真可贵。"

"客人居住的区域在另一个院子，从左边的樱花树丛中穿过去才是。而且我们这里一共只有10间客房，需要提前很久才能安排，很多客人都是这次退房时就预订了下一次的，所以大多已经相熟。"

"那这样的收入，够你们生活吗？"

"我们的房间，可不便宜呢，"景子在榻榻米上铺好床铺，从大木箱里拿出浴衣笑着对我说，"况且，我和爸爸的生活简单，这样就很满足了。"

我想起晚餐桌上的菜色，大多是自家制作的：手酿的梅子酒，溪水中的鱼制成的鱼干，坛子里捞出的腌菜和酱油，和现摘的蔬菜炸出的天妇罗，配上圆润饱满热气腾腾的米饭。

"跟我来吧。"景子伸出手。

空中静静飘洒着大片的雪花，我们出了房间，穿过右边樱花树丛中的小径，推开白墙上漆成黑色的木门。路旁白色的风灯映出蒸腾在空中的热气，一个用鹅卵石围成的圆形汤池坐落在不大的院子中央，走进旁边一个亮着灯的原木色小木屋，里面暖烘烘地生着炭炉。景子在旁边木桶里盛了一勺清水，洒在表面的一层石头上，瞬间升起白色的蒸汽。

"换衣服吧,下着雪泡汤很舒服的。"

景子帮我换下和服,我不自在地背对着她,匆忙裹上浴巾。她让我先去,自己随后就来。我穿着木屐走向汤池,周边的雪都被热气融化了。外面太冷,我迅速踏进汤池里的台阶,解开浴巾放进一旁的木桶,把整个身体藏进微微发烫的热汤之中。酥麻的感觉过电般经过我的全身,自然地闭上眼睛仰起头,星星点点的雪花飘在脸上很快融化。景子走到我身后的池边,将我露在外面的肩膀轻按进水中,扳着我的额头向后,靠在她垫好的一块毛巾上。然后她也走到台阶旁,脱掉木屐,松开浴巾,赤身裸体地站在那里,她用脚趾轻轻地碰碰水面,在台阶旁坐了下来,绾起一头乌黑的长发用发簪别在脑后。饱满成熟的年轻身体毫无羞涩地展露在我的面前,皆为同性的身体,却让我浑身不自在,眼神无处安放。

她终于进入水里,坐到我的身旁。

"感觉还好吗?"

"嗯,这也是客人居住的院子吗?"

"不,我们穿过的是右边的樱花树丛,这是和客人居住的地方对称在两边的院子,比那边小多了。这是我们自己用的地方,只有这个汤池,没有房间。"

在水中,景子摸索着碰到我的手,然后拉起来浮到水面。她把我的手托在手掌中央,认真打量着。

"你的手真好看,比我的更像一个年轻姑娘,"她用拇指摩挲着我的每一根指头,"艾彻说,他很喜欢被你的手握住,软软的,像没有骨头一样。"

我皱起眉头,迅速把手收回,却被她一把捉住。这女子的力气真大,像要把我的手攥碎一样。她从旁边转到我的正对面,蹲下来看着我。

"没关系鹿一冉,我知道你是什么样子。"

"艾徊都跟你说了些什么?"

"说,他所爱的你的样子,就在这里,就坐在池子的那一头。"

我忽然觉得浑身发冷,听一个比艾徊小20多岁的女孩说起一个死去的人曾在这里赤裸相对地跟她谈论起这些,仿佛此刻池子的那一头艾徊真的坐在那里微笑着看我。

我尖叫一声站起身想要爬上池边,景子顺势一把搂住我的腰,仰起脸看着我,脸颊被水温染得红扑扑的,眼睛里闪烁着祈求的目光。

"别这样,请留下,我没有要吓你的意思。"

她拽着我的腰,让我重新坐进水中。

"我只是很想他。"景子靠在我的肩头,饱满的乳房顶着我的肋骨。

4

14岁,她跟着父亲住进这座院子,与其说育树为艾徊工作,不如说是艾徊收留了他和景子。那年,长野县发生地震，育树被埋在自家的房子下，景子从学校跑回家，站在满眼的残垣瓦砾前哭着呼喊父亲却没有回应。从旅馆逃出的艾徊看见一个流着眼泪用双手正搬开一块块碎石的小姑娘，脚上只穿着一只鞋，蓝色的校服裙被划破了口子，满脸是灰，指尖渗出点点血迹。他找来救援人员帮着一起救出了她的父亲，若是再晚一些，怕就无力回天，他成了他们的救命恩人。待育树恢复了行走，艾徊准备离开，而景子却求他带走自己和父亲，她知道艾徊在北海道有自己的营生，愿意当牛做马侍奉身旁。育树所在的工厂损毁严重，一时不可能恢复生产，原本就生活拮据的他们失去了仅有的家产和生活来源，艾徊心软，也经不住小姑娘苦苦哀求，便带着一对父女回到了这里为自己帮工。

景子对艾徊的孺慕之情日渐滋长，相比自己质朴年长的父亲，艾徊的儒雅和挺拔更让她仰止可依。她开始注重自己的衣着和外貌，想让自己看起来更像一个女人而不是一个女孩。艾徊身边没有其他女人这点让她庆幸，于是想方设法地靠近，找一切机会想要为他做点什么。但艾徊却自律周全，景子的那些小心思全无用武之地，他权当这是小姑娘对于自己的感恩，温柔纵容，生怕伤害，这更加鼓舞了景子悸动的少女心，觉得这是来自艾徊的默许，期许自己做得更好。

樱花谢了一季。艾徊时不常出门几日，回来便是劳作冲茶，与住客聊天，生活淡然。他常在夜晚独自饮酒，景子发现后，便常伴左右，默默温杯斟满，艾徊久久不发一言，她也安宁无声心满意足地陪同,这是令她内心闷室欢愉的时刻,仿佛独一无二的微妙维系。酒过三巡,迷离之间艾徊常常直接躺倒在桌旁的榻榻米上,她见他看着不远处桌上的那些相框,口中念念有词。她为他打扫房间,擦拭过这些相框数次,从未觉得有什么特别,不过装裱一些他拍摄或描画的一些风景和人像。她凑去艾徊面前,努力分辨他发出的音节,然后尝试跟着重复:"鹿、一、冉、一、冉。"如是多次,如是多日。

某天,艾徊正坐在茶室外的台阶上倚着门看一本中文书,景子走过去,在不远处停下脚步。艾徊注意到她,合上书笑着示意她可以走近,于是她走过去跪坐在他身边,递过去一个小本子,上面用日语音图标写着三个单字。艾徊的眼神变了变,却保持着笑容。

"这是什么?"

"是你喝醉之后总在念的字,我想知道,是什么意思。"

艾徊抿抿嘴,用食指从一旁的茶杯里蘸出水来,一笔一画地在台阶的木头上写下三个中文字:"这是一个名字。"

"谁的?"

"一个姑娘的。"

"是你的妻子吗?"

"不,是,爱人吧。"

"她们不是一个人吗?"

"应该是的,但,不是。"

景子又一次擦拭那些相框时，在其中一幅排在后面的铅笔画里，看到角落里写着一个熟悉的字——冉。那幅画是一个女孩侧面的背影，垂着眼睛，看不出脸上是喜悦还是忧伤的表情，齐腰的长发遮着后背裸露的皮肤，左边肩头从垂落的发间隐隐露出一个图案，像是纹刺的花朵。

景子靠在我的肩头，手指轻抚着我左肩那朵浅蓝色的兰花刺青。

"就是你吧。"

她抬起头，在水里用力握住我的双手，渐渐贴近。她的鼻息颤抖又湿热地游走在我的鼻尖，嘴唇轻轻覆上来，然后轻轻咬住我的下唇，继而猛烈地吸附上来。我用力躲避，却被她紧紧压在身下，眼看重心失衡，我跌躺进水中，整张脸即将被淹没，有水开始进入我的鼻腔，越呼吸越沉溺。

有人跳进水里的声音，紧接着景子突然被从我身上拉开。我赶忙用脚去触碰池底挣扎着站了起来，然后猛烈地咳嗽。只见半泽用力捏着景子的脸冲她大吼："你在干什么！"也吸进不少热水的景子此刻眼睛通红发出嘲讽般的笑声，丝毫不避讳裸露在半泽面前的身体。

"怎么，你是嫉妒，还是害怕？"

半泽努力控制急促的呼吸，一挥手把景子甩进水中。他抓出木桶里的两条浴巾闭上眼睛让我把自己包裹起来，然后一把横抱起我向门口走去。

我裹在厚厚的被子里捧着一碗热水，半泽在身后用毛巾一点点帮我擦干头发。

"对不起。"

"你干吗说对不起。"

"也许,我不该带你到这里来。"

我不知道说些什么。

"明天一早我们就走。你就睡在这个房间吧,我看着你。"

"景子……讨厌我吗?"

身后没有回应。

"艾徊,后来跟她在一起吗?"

"并没有!"半泽急忙否认。

他坐到我的旁边,给我添了一些热水。

"他宁可找妓女,也从未碰过她,所以,她才更恨你。"

景子16岁那年,硬是跟着艾徊出门,到了东京,第一次见到半泽。

此前一年,艾徊匆忙闯进一家已经打烊的小饭馆,不由分说藏进厨房的桌案下,正在边背菜谱边洗碗的半泽吓了一跳,只见外面跑进几个警察,艾徊把食指比在嘴前,掏出几张一万面值的日元举在胸前。警察询问半泽有没有看到一个男子跑进来,他机械地摇头。警察说那是他们正在追的一个嫖客,半泽心里反而奇怪地松了一口气,还好不是杀人犯,他想。从容地应付走了警察,艾徊从桌案下钻出来,把钱塞进他围裙前的口袋,笑着说谢谢。他并没有急着走,而是打量了厨房,问半泽可不可以帮他煮碗面。半泽告诉他只是这里打杂的小工，不敢上操作台。艾彻却不由分说地在一旁的高凳上坐下来，说没关系，随便有些什么吃食都可以。

半泽犹豫再三，从冰箱里拿出一个饭盒，热过里面的饭菜端给他。

"这是我自己在家做的，本来是晚饭，但还没顾上吃，如果您不介意，请吃吧。"

艾彻毫不犹豫地动手吃了起来，半泽看他吃得无比认真，便打开水管继续自己的工作。

"真好吃，"他双手合十在胸前，"你干吗不去做厨师？"

正因夸奖而欣喜的半泽眼神突然黯淡下来。

"我养活自己都成问题，哪有钱去学。"

"我给你。"

半泽吃惊地看着面前这个方才还在被追捕狼狈躲藏的嫖客，此刻却气定神闲。他打量着他的长相和穿着，也不像什么有钱人的样子，怎么有底气对自己说出这种话。

"谢谢您，还是不用了。"

"明天中午来这里找我吧，3017房间，"艾彻递给他一个火柴盒，"上面有我的地址，感谢招待。"

说着他走了出去。半泽看着手里的火柴盒，那上面印着"Park Hyatt Tokyo"的字样。住在这里每晚怎么也得几万日元吧，他想，那快赶上自己一个月的薪水了。

第二天上午，半泽在家给自己做好晚饭装在饭盒里准备出门，看到了餐桌上的火柴盒，他随手拿起装进口袋，还是坐上了去往酒店的巴士。当最终站在酒店房间面前,他都不知道自己是怎么鬼使神差地到了这里。门铃响过,艾彻打开房门,穿着气质和昨天完全不同的样子。半泽坐在沙发上看着艾彻正津津有味地吃着饭盒里准备给自己的晚餐,偷偷打量着他只在电视上见过的豪华房间,觉得像做梦一样。

"你不做厨师真是浪费,"饭盒里又空空如也,"有想要去的学校吗?"

"嗯。"

"忘了问,你多大?"

"17岁。"

"你们日本人学本国料理,不都是去餐厅跟师父学吗?"

"我们日本人?您不是日本人吗?"

"我是中国人。"艾彻笑他抓的重点真奇怪。

"哦,您日文说得真好。像我这样完全没有基础的,不会有好师父愿意收的。"

"明白,那你去考吧,考上了我供你读。"

"其实,我已经考上了,只是,没凑够学费。"

艾彻像是欣赏半泽,又像是欣赏自己的眼光般拍打着膝盖。

"那还等什么?带我去学校吧。"

景子见到半泽的时候,他已经在学校读了一年,艾彻到东京,是为了帮他庆祝18岁生日,同时检验他的学习成果。

"艾彻为什么要帮助你上学?"景子对他说的第一句话

就是这个。

半泽有些吃惊地看着这个从见面开始就一言不发的姑娘,一开口说出来的话竟如此直接。

"我也不知道,他说过,让我学成之后去他那边开个餐厅,但哪有人会为了那么久之后的事提前做这种投资。"

"他是个好人。"景子手撑着椅子低头吸面前的橙汁。

"是的。"半泽喝了一口可乐。

"你知道他去哪儿了吗?为什么不能带我去要跟你待在一起。"

吃过晚饭,艾徜就把他俩安排在咖啡厅,说自己等下来跟他们会合。

"不知道。"

其实半泽清楚,艾徜每次来,都要去新宿那边的一家店找一个妓女。景子给他打了好几通电话,都是关机,她明显开始焦虑起来。

"能带我出去找找他吗?"

"东京这么大,从哪儿找起啊?我们还是在这里等吧。"

景子摆弄着手机,找出一张照片,举在半泽面前,"你认识她吗?"

那是鹿一冉的铅笔画像。半泽看着这个陌生女子的后侧脸,摇了摇头。

艾徜来找他们的时候,咖啡厅已经要打烊了。两个人从看过照片之后就没有任何对话,各自沉默地等待着。

送半泽回到学校,艾彻带着景子回到酒店。他预订了两个房间,这让景子兴奋的心情沉了下来。

零点的时候,她按响了艾彻的门铃。艾彻打开门,用询问的眼光看着她,她闻到他身上威士忌的味道,向前一步说:"我一个人,害怕。"

她心满意足地躺进艾彻的被窝,艾彻关了床头的台灯,坐去书桌前。

"你不睡吗?"

"你先睡吧,我还不困。"他又往水晶杯里倒了一些威士忌,里面的大冰球随着他的手轻轻晃动。

"你是,嫌弃我吗?"

"怎么会。"

"那你能不能过来,"她伸手拍拍空出的半边床,"躺在这里陪我。"

艾彻迟疑了一下,端着酒杯走过去半倚着靠在床头。她从未离他这么近的距离,熟悉的气息萦绕在周围让呼吸都变得贪婪,她扬头看着艾彻,书桌上的台灯勾勒出这个中年男人成熟而神秘的轮廓。艾彻感受到她的目光,轻声说了一句"睡吧"。他用手掌拍了拍她的额头,她本想再说些什么,却很快睡着了。

再醒来已是凌晨4点,台灯已经关了,窗帘没有拉,外面的城市灯光透过落地窗,照在窗边靠在沙发上睡去的艾彻身上。景子下床光着脚走过去,长久地注视着这个她心心念念的男人。不知从什么时候起，她对他的感情已经从仰慕变成了爱情，对，爱情，她坚信是这样。她觉得自己除了没有明确向艾徊表明心意之外，已经表现得足够明显，但他却总是闪躲，难道是怕误会了自己的意思所以不敢回应吗？景子解开了浴袍的腰带，让它从身体上滑到脚下，她骑上沙发在艾徊腿上坐了下来，伸手轻抚他的脸颊，俯身在额上印下轻轻一吻，然后拿起他垂在一旁的手，慢慢覆向她剧烈起伏的胸前。微微有些粗糙的手掌在她的引导下来回摩挲着她尚未完全发育的乳房，她直勾勾地盯着依然呼吸均匀的那个男人感觉自己的身体越来越烫。她捉着那只手，从自己的腰间、小腹，一直向在艾徊腿上开始暗涌的地方探去，当他的指尖轻触到那含苞待放的花蕾，她忍不住战栗和呻吟了起来。越来越肆无忌惮的动作让艾徊从酒精安抚的睡眠当中苏醒了过来，他一时没反应过来自己身在何处，正在与眼前的这个赤裸的身体发生些什么。当他眨眨眼睛借着窗外的光看清楚那张正因欢愉而紧闭双眼的脸属于景子时，惊恐地迅速推开她赶忙站了起来。被直接掀翻在地的景子突兀地被从美梦中被唤醒，身体着地的疼痛却抵不过心中的耻辱更强烈地袭来。

"你在干什么？"她从未听过用艾徊用那么愤怒的语气说话。

景子保持着双手撑在身后的姿势，仰脸看着他。
"我爱你，艾徊。"
"你怎么能直接称呼我的名字？"

"我长大了艾徊,我爱你,你可以要我了。"

"简直是胡闹!"

景子慢慢起身,走到艾徊面前,看着他把脸别向一边,她娇媚地笑了起来。

"难道你不也喜欢这样吗?"

她伸手握住艾徊不知是因条件反射还是真切动情高高扬起的下体,贴上自己的身体轻轻地揉捏起来。艾徊一把抱起她朝床的方向走去,景子得意地搂住他的脖子开始忘情地亲吻起他的耳垂。然而她却只是被重重地摔到床上,身体被掀过来的被子覆盖,她整个人蒙在那里眼看艾徊迅速穿上裤子抓起上衣出门,直到中午退房的时候才回来。

5

"他们没有再谈起那件事,回到北海道之后,像从前一样相安无事地生活。景子开始努力学习中文,因为她发现了艾徊藏在书柜里的日记。"

半泽把一本粉色格子硬皮封面的日记本放在我的面前,它四角都已经被磨损,露出了里面纸壳的颜色。这是我们在一起那年,我亲手写下的一篇篇日记。我不太想再次把它翻开,不太想看到自己曾经记录过怎样的时光和如何煽情忘我的文字,但最终还是没忍住。扉页上,多了一行硬朗有力的文字:如果你未曾出现,我就能好好地和一个人过一辈子。

而这行字的上面,是我当年摘抄的张小娴的一段话:

> 那个长夜,漫天星宿,得睹芳容,魂摧魄折。
> 想认识你,想爱你,想守护你,
> 换几声欢笑,一场热泪,告别飘摇无根的生活。
> 我不是暗影,我是归人。
> 我,终究是爱你的。

当这本日记记满的时候,我曾用心挑选纸张包好送给他,他拆开欢喜地翻看几页,然后说:"就放在你这里吧,想看的时候我就在这里看,不拿回去了。"

"为什么?"我的心一下凉了下来。

"这……万一被看到了,不是找麻烦吗……"

对啊,那是他和倪唐的家,这样的东西,该藏在哪里呢?我字字句句写下的爱意,不过是他难以安放的麻烦。

"景子开始照着你日记里写的样子改变自己,和跟艾徊相处的方式。她还因此找过我,"半泽顿了顿,"想让我试试她在床上是不是足够令人满意。"

"你拒绝了吧?"

半泽舔了舔嘴唇,"我……最终没能拒绝……但我立刻就后悔了,就那一次!"

"可那是她的第一次吧?"

半泽低下了头,"那也是我的第一次,我觉得自己和一个道具没什么两样。"

天蒙蒙亮的时候,半泽伏在桌上睡着了。我给他披上毯子,轻轻打开门走了出去。雪已经停了,到处都覆盖着厚厚的一层白色。不知什么鸟儿飞来落在枝头,震得些许雪花簌簌落下。清冷的空气令人异常通透,沿着记忆中的路线,走过回廊和小路,来到石亭前。

艾彻,你被孤零零地葬在他乡,不孤独吗?

我翻过围栏,进入石亭中央,这是一座再简单不过的亭子,没有雕花,没有纹路,没有刻字,就是单纯的白色石料本来的颜色。就地坐了下来,这样像不像是被拢在艾彻怀中,我伏向左侧,枕在自己的胳膊上,右手摩挲着冰凉的地面,嘴里的哈气让石面泛起了一点点温度。

"好久不见,我来了。"

我长久地伏在那里,闭上眼睛,心中平静。你知道吗?我已经不恨你了,可同样,我也不爱你了。但你看,我却好像活成了你的样子,给自己一个家,却感知不到幸福。

半泽查好了路况可以返程,于是早餐时我们向育树先生告别。景子没有出现,育树先生告诉我们,她可能是去镇上的集市采购客人所用的食材,一大早便出了门。我胃里翻江倒海的没有什么胃口,想是折腾一夜又着了凉的缘故。育树先生把我们送过吊桥,站在桥头深深地鞠躬告别,我们遥遥还礼。

车子沿来时路的相反方向行进,车上的空调暖风在努力地工作，可我还是觉得冷。方才半泽走在前面先去整理车辆，我和育树先生并排走过吊桥。他突然开口，用生涩的中文说："对不起，景子给您添麻烦了。"我连忙说着没关系，心里却有些难过。朝夕相处，身为一个父亲必然看得到女儿日渐病态的痴迷，而对方是那个救了他又给了他们新生活的恩人，且并未越雷池一步，他的沉默所隐忍的，是一个男人无力的尊严。

路上的积雪大多已经被清到两旁，顺利地开上高速，一直谨慎专注的半泽稍微放松了一些。

"谢谢你，这下，艾彻应该释然了。"

清晨在我快要在石亭中冻僵时，半泽出现将我扶了出来。我哆哆嗦嗦地擦了很多次才点燃了火柴，撕下日记本的每一页将它们化为灰烬，埋进亭边的泥土里。

把这些记忆带走吧艾彻，我们早该两清了。

"这么多年，他都是一个人吗？他的妻子呢？"

"没有见过，自我认识他开始，就是一个人生活。"

"一井泉呢？他为什么会在日本定居下来？"

"只大致听说过这是他父亲留下的一处房产，原本打算卖掉，最终来看过之后决定翻建作为民居经营。"

"那……他是怎么死的呢？"

半泽没有回答，只是握紧了方向盘，看着前方的道路。

"这辆车是我毕业的时候，他送给我的，"半泽微微扬了扬嘴角，"因为我进了神乐坂石川工作，拜了那里的大厨为师。他比我还高兴,直接带我去车行买下这辆车,那天他喝了很多酒,竟带我一起去新宿找那个妓女。我觉得她的眉眼长得跟你很像,请原谅我会这么说。"

我听着他说的话,觉得脑袋越来越重,眼皮支撑不住地酸痛。

"前面有休息站吗?"我捂着憋闷的胸口问道。

"十公里处就有一个,"他快速瞥了我一眼又继续盯着前方,"你不舒服吗?"

到了休息站,车还没有停稳我就拉开车门下去不受控地呕吐起来,胃强烈地抽搐着。半泽连忙过来扶住我,帮我撩开垂落额前的头发,手碰到额头的时候,他说:"呀,怎么那么烫,发烧了啊!"这是一个小休息站,条件十分简陋。他用纸杯接来一些热水,然后带着我迅速上路。车上的热风让脱得只剩一件衬衫的他依然汗流浃背,我昏昏沉沉地睡去,断断续续的梦里看到艾徊的背影和灰蒙蒙的天空下空无一人的城市。

睁眼的时候,我躺在病床上,门虚掩着,外面传来日语的轻声交谈。我没有打吊瓶,穿着病号服盖着被子,额头上贴着一副冰袋。我感觉口渴,于是撑着酸痛无力的身体坐起来想要去门口的饮水机接一杯热水。

半泽听到响动打开门。

"你醒了啊,感觉好点吗?"

我点点头,向笑容温和的医生欠身还礼。半泽又和医生说了几句什么,便走进房间来关上门,坐回床上,他帮我竖起枕头扶我靠在上面。

"医生只帮你做了物理降温,没有用药,所以还需要在这里多观察一下。"

"我就对青霉素过敏,可以打针没关系,这样好得快一点。"

半泽看着我的眼光变得微妙。

"可是你不知道吗?你怀孕了,已经两个多月了。"

我眼前一黑,原始的喜悦带着深觉不合时宜的痛恨冲得我眉间突突直跳。

"我不要它。"

"为什么?"半泽无比惊讶。

"因为他的父亲不配。"

Chapter 4

穆子维
MU ZI WEI

他抡起桌上的啤酒瓶一下拍在自己的头上,直愣愣地盯着我说:"我浑蛋!我不是人!行了吧!这下你满意了吧!"

1

穆子维已经知道我来了北海道,来这里的第二天妈妈就发了一条信息给我,说穆子维告知她已经查到了我的飞行记录,并准备出发来找我。我知道这是他在说给我听,他知道我妈一定已经知道我在哪里,我向来都会第一时间通知她。但我却并不打算躲起来,北海道这么大,我住的这家民宿是靠手写登记信息,并没有使用网络录入系统,即便他有耐心一家家找过来,那时我也许已经离开。

所以当他在第二天早晨出现在病房的门口,不用去看半泽闪躲的目光我也知道一定是有人做了他的向导。但紧接着另一个人的出现却出乎了我的意料,换下传统和服穿上小洋装的景子对我挥手微笑,脸上的妆容和精致的配饰让她散发着迷人的光彩,这副模样让我觉得无比熟悉和抵触,我仿佛看到艾彻的另外一只玩偶,只是她陷在仅供凭吊的泥淖里,依靠回忆循环往复,难以自拔。

烧已经退了,他们来接我出院。没想到单独面对穆子维后他对我说的第一句话竟是:"辛苦你了。"

我心里觉得好笑,辛苦我什么?辛苦我一言不发临阵脱逃?辛苦我长途驱车去看望故去的情人?还是辛苦我帮你解决了倪未央的麻烦?

我们面对面坐在我旅店的房间,他想要握住我搭在腿上的手,却被我躲闪开,他没有勉强,收回手去。

"你要跟我回去,或者继续在这里都可以,我陪你。但是你现在怀了孩子,至少应该待在条件好一点的地方,有人照顾着。我已经定好了酒店,预约了医生,你现在身体这么弱,应该好好去检查一下。"

"你是怎么找到半泽带你来这里的?"

"是他找的我。我已经找了你几天都没有下落,昨天一早却收到了他的邮件,说是你的朋友,可以带我找到你。"

"他怎么会有你的邮箱地址?"

"说是通过你的微博找到了我的微博,个人资料里就有我的邮箱。"

"呵,想要找到一个人可真是容易。"

"如果不是他,想要找到你可不容易。冉冉,说实话,这么多年,我压力真的很大,但怕给你更大压力,也就做出轻松的样子。现在我们终于有了自己的孩子,我是真的很高兴。"

"我们又不是没有过孩子,说什么终于。"

他低下头去,看起来难过的样子,左边额头上那道比周围肤色都浅的疤痕依然没有褪去。

17年前，当我从医院出来穿过半个城市的晚高峰回到家中，血已经洇透了裤子顺着大腿内侧流了下来。7月盛夏，我裹在厚厚的被子里发高烧，意识时而清醒时而模糊。穆子维不会做饭，叫来外卖的鸡汤给我喝，一直在身边陪着我。半夜醒来，黑暗中手机屏幕的光映着他靠在床头尚未入睡的脸，挂着盈盈汗珠。客厅的空调坏了，这个房间窗户紧闭没有一丝风像一个大闷罐，我心疼他，让他开开空调凉快一会儿，我用被子把自己裹紧就没关系。他摸摸我依然没有退烧的额头，说我赶紧恢复才是最重要。那个时候我的心中甚至充满愧疚，觉得自己之前不该为难他，强行想要留下这个孩子，甚至觉得自己自私，在他刚刚失去工作没着没落的时候让他面对责任更重的生活。

3天后，我终于退了烧恢复些精神可以下床走动，他开心地买回食材在我口述的指导下为我下了他人生第一次厨。我的所有怨气几乎都在那时消失殆尽，我愿意相信他说的，是真的没有准备好，怕自己没有能力为这个新生命创造好的生活条件，怕他受苦，怕他活得低人一等。

穆子维从小的生长环境让他对抚养孩子这件事充满了深深的恐惧，他尚未记事起就离开家庭的父亲，和一生没有再婚靠微薄收入抚养他的母亲，为他带来的匮乏和缺失一直是他内心不可触碰的疼痛。他觉得自己因此输在了人生的起点，没有好的物质基础，没有良好的教育，没有细致的呵护关心，没有关系，没人撑腰，没有明确的人生方向。

"如果我像这样一直失业很久呢?如果我的事业一直没有起色呢?孩子吃什么用什么?当他长大了问我,为什么别人有的东西他不能有的时候,我该拿什么脸来面对他?"

几天前,我们为了是不是留下这个孩子争吵。穆子维面前烟灰缸里的烟头已经要溢出来,他又摸过烟盒,抽出里面最后一根烟点燃。

"孩子不仅有你一个人,还有我啊!我有收入可以养活他啊,只要我们一起努力,养个孩子有什么困难?照你这样说,那些收入更低的人、生活在贫困地区的人,都没资格要孩子了吗?"

"你希望我们的孩子活得像那些孩子一样吗?不饿死就可以吗?"

"孩子会成长得如何不是单靠物质来支撑的好吗?只要我们给他足够的关爱和正确的教育……"

"够了,你这是对他的不负责任。"

"那么,你不要他就是负责任了?"

长长一截烟灰从他指尖落下。

"……与其让他来到这个世界受苦那么久,不如现在不知不觉地离开。"

那晚我从强烈的妊娠反应中醒来,旁边没人,卧室门下的缝隙里透进客厅的灯光,我起身准备出去,手却久久僵在门把手上,我听到外面努力压抑住的隐隐哭声。

为人父母的我们,竟然用这样的气氛对待一个新生命的到来。

第二天我早早起床，收拾停当，轻轻唤醒在睡梦中也皱着眉头的穆子维。

"走吧，我们去医院。"

他迷惑地看着化了淡妆的我。

"我们去把孩子打掉。"

他握住我的手，眼泪涌了出来。

术后第5天，我基本已经可以正常照顾自己，但大部分时间还需要躺着，因为坐或者走多了腰腹会疼，出血量也会变大。见我恢复许多，穆子维在帮我掖好被子之后开始断断续续地打开空调。他许久没有睡个好觉，我默许他这么做，然后在觉得不舒服的时候躺去客厅的沙发上。

一个傍晚，他从卧室中走出来，穿戴整齐，人也随之精神许多。

"要出门吗？"我用水把消炎药送下去，以为他要去采购。

"对，几个朋友叫我，说很久没聚了，一起喝点儿，你记得点些东西吃。"

"非要今天吗？再晚几天不行吗？"

他扣上手腕的表："为什么不能是今天？"

"我……还没完全恢复啊，当然希望你能在家陪着我。"

"我就出去吃个饭，又不是晚上不回来了，你也不是自己动不了，吃了饭躺着休息就好了，需要我一直看着你吗?"

我不知道该说些什么,他见我沉默,换了柔和一些的语气。

"这些日子,我在家待的也挺压抑的,想出去透透气,希望你能理解。"

"我明白,对不起,拖累你了。"

"你何必这么说话?我照顾得不够好吗?"

"不,你照顾得很好,但如果动了刀子的换作是你,我不会在你还没有康复的时候放下你一个人不管。"

"动什么刀子,我给你选的是最贵的手术方式,只是用导管去吸出来罢了。"

我简直哭笑不得,仿佛应该满心感激这个舍得为我花那么多钱来做流产手术的大方男人,让我用先进的方式少受了很多苦。

"你这样说话合适吗?真不好意思让你破费了!"我仰脸直视着他的眼睛。

"行了,你身体不好,我不跟你吵,但我要去哪里是我的人身自由,我不能为了你被绑死在家里吧?!"

"我没事儿的时候,管过你去哪里吗?医生说我至少应该卧床7天,我已经在提前活动吹冷风了,你就不能忍过这剩下几天再出去吗?"

"你现在好端端的养着恢复就行,这不妨碍我出门见见朋友吧?我已经晚了,你不要无理取闹。"

所以，现在成了我在无理取闹了吗？那好，我心中升起一股强硬的无名火顶在胸口。

"总之，你不许去。"

"为什么？"

"不为什么，我就是告诉你，不、许、去。"

"如果我一定要去呢？"

我移步到他的面前，背朝着门的方向："那从我身上踩过去。"

他压抑的怨气终于爆发，一挥手想要把我从门口拉开，却忽视了自己使出的力气和我摇摇欲坠的身体，我毫无防备地一下扑倒在地上，腹腔的剧痛瞬间传来，我惊叫一声捂住痉挛的肚子，夹杂着委屈和害怕放声大哭。穆子维愣在原地，他应该完全没有预料到事情会发展到现在的地步。那一瞬间的大脑空白让他并没有选择赶忙扶起我，而是抡起一旁桌子上的啤酒瓶一下拍在自己的头上，玻璃在空中炸成碎片随后散落在我的面前，他直愣愣地盯着我说："我浑蛋！我不是人！行了吧！这下你满意了吧！"鲜红的血像断线的珠子一样顺着他的额头滑落，越过脸颊、眉毛，滴滴答答地落在地上。眼前的情景震惊得让我忘记了自己的疼痛，手忙脚乱地想要爬起来，嘴里不停念叨着："我不闹了，我们去医院，你跟我去医院，只要你去了我们分手都可以！"他转身打开门冲了出去，我慌忙去追，光着的脚却一下踩在啤酒瓶的碎片上，然而我顾不上疼痛依然蹒跚着想要阻止走进电梯的穆子维。电梯门在我来不及伸出的手前关闭,我使劲按着一边的按钮,液晶屏上的数字却开始一点点下降。楼道里地板砖的冰凉顺着我的脚底一路传进心口,我再也支撑不住自己的身体蹲下来抱着双腿哭得变了声音。

我们最后的情分仿佛随着彼此身体里流出的血消失无踪。

好累啊,幸亏孩子没来到这个世界。

2

我和景子面对面坐在拉面馆的桌旁,晚上9点,半泽提早打烊后离开。

"这家店在这里,差不多有8年了,半泽放弃了东京那么好的工作,来这个小地方开个拉面馆,是不是很傻。"

原来这家店是半泽的,那对老夫妇只是他雇来的帮手。

"你单独找我,到底想说什么?"

她不紧不慢地端起面前的清酒,那酒杯的玻璃充满裂痕,像要随时碎掉一样。

"你知道人为什么要喝酒吗?"她一饮而尽,看着举在眼前的酒杯,根本不需要我的回答,"是为了让自己想起。人都是很健忘的,明明努力想永远留下的记忆,偏偏都被时间磨得越来越模糊,最终都分不清究竟哪些是真相,哪些是自己的臆想。"

景子毫无破绽地把自己武装起来,任凭你打量哪一个细节,都无懈可击地得体。她用悉心描画的眼睛似乎有些居高临下地看着我,仿佛在看一束即将凋谢的花朵。

"都忘了恭喜你,就要做妈妈了。"

她笑笑,又倒满一杯酒,扬起小巧的下巴啜饮下去。

"今年的冬天好冷啊,像8年前一样。艾彻特别喜欢滑雪,不远处那座山上的雪场,他经常会来,"她看向窗外,"你晚上的时候上过雪山吗?"

我摇摇头。

"有很多喜欢夜滑的人,脚下不那么明亮的路,更能让他们敬畏未知的生命。"

景子站起身来,坚定的把手伸到我面前:"走,跟我上去看看。"

她看起来和开缆车的管理员相熟已久,文弱腼腆的男孩看到她有些害羞而兴奋地笑着,从一旁的岗亭中拿出两件厚厚的防寒服递给我们。缆车不是全封闭的那种车厢,而是像一副扶手扣在面前的露天铁椅。我们随着缆绳吱吱呀呀的声音开始攀升,脚下是越来越深不见底的黑色树林。空气像凝结住了周围的一切,静得令人怀疑耳朵冻坏了听力。我裹在几乎齐膝的宽大防寒服中依然感知不到温暖,她看着雪道上偶尔风驰电掣而过的身影挑起嘴角的弧度。

"艾彻说,他喜欢这种失控之后步步化险为夷的感觉。"

景子转过头看我,白色的哈气在被四周探照灯打亮的空气中很快飘散。她抬手拨开滑落在我眼前的一缕头发,然后用拇指轻轻抚了抚我的眼角。

"你也老了啊鹿一冉,有皱纹了呢。"

她的指尖竟然是温暖的,皮肤却被冷光照得惨白。一名滑雪者失控倒在我们脚下不远处的雪道上,连滚带滑摔出去老远,景子不由得发出轻声的惊叫,远处却隐隐传来带着回音的笑声,那人爬起来都没有拍拍身上的雪,就又继续向坡下冲去。

缆车的最终下车点就在不远处,一个旋转的轮轴竖在那片不大的平台上,我在想,如果来不及下去错过了那个正确的点位,岂不就白白从起点出发又要坐在这个铁架子上无功而返。快到的时候她把罩在身前的围栏掀到头顶跟我说:"往前移一些,准备跳。"缆绳传动的速度并不慢,我被惯性带着回转差点像自己想象的那样没能在指定范围跳下车去,已经落地的景子果断将我拽了下去,我脚下打滑,扑在她的怀中。

脚下是这座山最高的地方,往前不远处就是最陡峭险峻的高级滑道。风很大,冻得我太阳穴生疼。景子抓起地上的一把雪洒向空中,看着它们亮晶晶地再次飘落,从口袋里掏出一小瓶威士忌,拧开盖子自己喝了一口,递给我:"喝几口就没那么冷了。"我不愿意伸出手,隔着袖子接过来,酒精迅速在胃里燃起一片火热。

"你经常晚上来这里吗?"

"不,一年就来这么一次。在今天这个时候,艾徊的忌日,"她指指延伸进黑暗的这条空无一人的雪道,"他就摔死在这里。"

一阵风吹过,周围高大的树丛发出悠长的沙沙声,地面的浮雪被吹起来在空中低回,景子把双手搭在嘴边,用力地向山下大喊:"喂,我把她带来了,你这么想她,来把她带走啊!"说着突然猛得一推我的肩膀,我向前一个趔趄失控地倒下去,毫无防备的身体被恐惧和绝望带得更加无法做出任何正确的应对,我害怕地闭上眼睛,感觉自己扑倒在并不坚硬的雪中,继而像被牵引着头朝下不断滑向前方。这时一只有力的手死死揪住我的裤腿,接着三两下地扑抱住我的整个身体,竭力将我们控制在原地。惊魂未定地睁开眼,看见满脸惊慌的穆子维。景子站在上方的坡顶看着我们笑出声来,最终变成了刺耳的哀号。半泽也跌跌撞撞地从远处跑来,一把揪住景子的脖领扬起另一只手甩下一记重重的耳光,然后顺势松开脖领将她推倒在地。

"你有什么资格打我!"景子用破音的喉咙冲着半泽尖叫,"事情发展成这样难道跟你无关吗?你不是也恨她不死吗!"

"可是她有孩子了啊!命已经不是她一个人的了!"

我惊恐地听着这两个疯魔了的声音回荡在周围,在雪地中坐起不可思议地弱声问道:"你们为什么要这样对我?"

半泽的眼泪木然地挂在脸上充满怨恨地问我:"你为什么要逼死艾徊?"

我努力搜寻着记忆,却依然不明白他为什么会把这件我根本都不知情的事归咎在我的头上，最终从我口中只说出了无力又像极辩驳的三个字："我没有。"

下山的时候，穆子维脱下自己的大衣把我裹在怀中，他紧紧握着我的那只手的手心冒出涔涔冷汗。

"是我。"他轻声开口。

"什么？"

"是我害死了他。"

我不知所谓地看着穆子维微微发抖的嘴唇，心渐渐沉入万丈深渊。

3

29岁时，我已从原来的公司辞职3年。

自打那天艾徊和我在无声的对抗中见了最后一面，每当我路过那间会议室，都会禁不住抱紧双臂，更别提哪次需要坐在其中和同事一起讨论公事，我根本没法集中注意力，总觉得他们看我的眼神变得暧昧，仿佛自己正衣冠不整地暴露在众目睽睽之下。我以为这样的情形总会被工作冲淡渐渐遗忘，然而几天后，前台打电话给我说有一位访客在待客区等我，我以为是昨天约的一名合作方提前到来，于是抱着笔记本匆匆赶去，却发现倪唐面带笑意地坐在那里。我带她去到公司楼下的咖啡厅，心中忐忑无比却装出镇定的样子。

"我怀孕了一冉。"

"我知道。"

"你怎么会知道?"

"我……那天开完会无意听艾徊提起……"

"没关系,我清楚你知道,"她带着洞悉一切的笑容看着我,"今天去医院检查,刚好离你不远,想着有段日子没见了,所以顺路来看看你,最近还好吗?"

"挺好的。"

"那就好,听说你搬了家,还怕你不习惯。"

我要被她这种看似平和的句句进攻给逼疯了,却根本没有底气反驳和发作。

"我还约了人,没什么事,得赶紧回去。"说着,我就已经起身。

"哎,我刚买了一个新手机,想要注册一个ID号码却不知道怎么弄,之前旧手机都是用艾徊的,但是他的一些信息啊什么的总是同步到我这里来,挺麻烦的,你能帮我一下吗?"

说着她把手机举到我面前,屏幕上赫然显示着我和艾徊的信息来往记录。从最开始他约我去美术馆,到最后他发疯似的连续追问我在哪里为什么不接他的电话。我心里生出对面前这个女人的深深恐惧,整个人僵在原地脚步无法再继续移动。

"艾徊……他知道你这么做吗?"

"瞧你说的,这种琐事何必让他知道,我只是无意试中了他的密码,就顺手用了罢了。"

我一直以为曾经是自己在暗她在明，为时而能窥伺掌握她的举止和动向心中充满隐匿的快感，而此刻心中被戏弄般的耻辱，腐蚀着我最后硬撑的尊严。从见到她第一面起，发生的一切都不是巧合。

"我会帮你保存好这个秘密的一冉，相信我，除去你我，不会再有其他人知道。"

"你到底想怎么样？"

"也帮我保守一个秘密吧，"她站起来，看着自己轻覆在肚子上的手，露出难以捉摸的笑容，"这个孩子，不是艾徊的。"

在农历新年即将到来的时候，我提交了辞职申请，躲去大理古城外一座半山腰的民宿里，那里终日雾蒙蒙的，随时就会落下一阵小雨来。生活像是一场不怀好意的阴谋，总是让我以为自己终于爬出了旋涡，不久后却发现其实掉进了更深的那一个。伏尔泰曾说，没有所谓命运这个东西，一切无非是考验、惩罚或补偿。

所以，我们是彼此苦难的罪魁祸首。

终于得到同意批复的那一天，已是3月中旬。我让同事帮我打包了工位里的东西用快递寄回我住的地方，她还因此打趣我说，难道连离职饭都不回去请大家吃一顿。后来我请部门里所有人去KTV唱歌，他们说让我时常回去看看，我什么也没说回敬了大家满满一杯酒。

我再也不想回到那个地方。

此后一两年里，我没有再去其他任何一家公司就职，靠着自己那些积蓄在各地走走停停,时不常帮朋友的杂志和APP写些游记和自己都不信的关于相遇和离别的小故事赚些稿费,来贴补兜兜转转的行程。后来写惯了,就动手断断续续地在网站上连载一些故事,填补一个人无所事事的时光。没想有一天正在新加坡街头,被浇在一场突如其来的瓢泼大雨中时,接到了一个陌生号码的来电。我勉强找了一个屋檐躲在下面,企图在湿漉漉的衣服上蹭干滴水的手去掏包里的手机。它执着地响了两三回,我接起。

"鹿一冉吗?"

"对,您哪位?"面前落下的雨水打在水泥地上溅起的声响,令我不由自主地提高声音。

"我是一个出版社的编辑,从您杂志社朋友那里得到的电话号码,想问您,愿不愿意出版正在写的那个故事?"他也提高声音,一字一句地放慢语速怕我这边听不清楚。

"啊?什么故事?"

"就是你正在网上连载的,叫《子非鱼》那个。"

"可是,我刚写了一半啊,后面的情节发展还没想好呢。"

"没关系,如果你愿意,等你回来我们可以见面商量。"

"可是,我不想跟人商量着去编造一个故事。"

"我明白,故事都是自然生长的,我会尊重你的意见。"

就因为她这句话与我心中一直以来的想法不谋而合,于是我回去之后如期赴约。她叫孟噙,是个短头发单眼皮的姑娘,坐下的时候,把手中的打印文稿放在桌上,上面用红色的笔仔细圈圈点点地写着些什么,那是我之前发在网上和后来我断续发给她的小说原稿。自打那个电话之后我就把网上的内容撤了下来,并把新写出的部分单向发送给她,有时是邮件,有时就是微信里的大段文字。她从来不与我多做讨论,只是简单地回复"收到"外加一个笑脸的表情。

"我们这算是网友见面吗?"她一手托着下巴笑着看我。

"算吧。"我抿抿嘴,咬住吸管啜了口手中的橙汁。

"你跟我想的不一样。"

我探询地看着她,等她继续说下去。

"我以为常年在外行走能写出这样文字的姑娘,应该是像野生的那样从容坚韧,但你怎么看都像是家养的,嗯不,笼养的。"

我被这别致的比喻逗笑了,整个人放松了许多。

"朋友说你是个活泼开朗的姑娘呢,但怎么看也是不像,是跟我话不投机咯?"

"不是,别见怪,走路久了,面对的总是陌生环境,总是跟自己待着,有些丧失了沟通的能力。"

"明白,心里的话太多,总是会变得语塞。"

我笑笑,对这个姑娘充满好感。她拍拍文稿,话题一转。

"差不多要结尾了,想好怎么写了吗?"

"嗯,一开始就想好了。"

"哦?先想了结局才有故事吗?"

"对,故事结尾指向的总是现实无法企及的期望,讲故事,就是为了让它在自己心中圆满,但是……"

"什么?"

"反而越写到结局,越接近真相,对结尾就越动摇,觉得自己太过处心积虑。"

孟噙捂着嘴笑出声来。

"那先不急,这样,离预先截稿的时间还有一周,足够你写完结局。你回去跟故事里的人物商量商量,看他们愿不愿意接受你给安排的命运。"

最终,当这本书面世的时候,结局依然是我最初设想的那个,并无改变。

"你们是彼此命运的罪魁祸首。"

我敲下最后一个句号,告诉故事里的每一个人。

4

29岁生日那天,我从睡梦中醒来时,阳光正透过窗帘在床边的木地板上投下光斑。窗户朝西,这是太阳落山的时刻。妈妈发来微信祝我生日快乐,我回过去一个拥抱的表情,对她说:29年前您辛苦了。冰箱里只剩一个柠檬和一块黄油,我想着即便生日不过,也不能饿着肚子,于是胡乱绑了个辫子套上运动服准备顺便跑步去超市,买点食材回来给自己煮一碗面。

戴上耳机,我一边慢跑一边听孟噙发来的一长条一长条语音，对此我抗议过很多次，问她为什么不能简单明了地发文字，这种大段的语音一旦没听清或被打断就得重新开始再听一遍，极其浪费时间，但都被她一句"腾不出手"搪塞回来。《子非鱼》过后，孟噙又帮我出了另外一本，因为市场反响都还不错，所以第三本又被提上了日程。她几乎成了我日常生活中唯一需要频繁联系的人，不用手动置顶，就自动永远排在我微信第一个对话联系人的位置，所以也就理所当然地成了我的朋友，彼此熟稔并互相嫌弃。此刻，她正用长篇大论企图说服我选定她策划的写作方案开始动笔，连撒娇带威胁，自由转换毫不违和。我听得发笑，迎面跑来的外国友人以为我在冲他笑，所以热情地以挥手回应。我们相向跑过，然后我转个弯准备穿过一条小街去对面那家超市。耳机里的语音终于播到了最后一条，孟噙说："生日快乐小鹿鹿，眼看最后一个二字头的生日了，你需要明白，不能总是身体力行地靠亲身体验写作，这样迟早会被掏空变得人格麻木。吃点好的哈爱你爱你！"

我不屑地拽掉耳机，注意到松掉的鞋带甩在另一边的小腿上，于是就地蹲下来想要系好。这时一辆车从路口快速左转过来，一脚刹车紧急停在离我不到一米的地方。我气冲冲地起身走过去双手拍在车的前机盖上大喊："你瞎了吗？赶着去投胎啊！"出门的时候没戴隐形眼镜，虽然距离不远但我也看不太清此刻司机脸上是什么表情。他打开车门，朝我走来。当他出现在我视力所及的范围之内时，我有几秒钟的恍惚。

"哪有人蹲在路口系鞋带的？你应该感谢我反应及时救了你一命。"

说着，他蹲下身来帮我绑好我刚才没来得及重新系上的鞋带。

"好久不见啊鹿一冉大作家。"

他的长相没有变化，但站在我面前的整个人却像完全变了个样子。

穆子维，好久不见。

他陪我在超市买完菜，送我到家楼下。我说了"谢谢再见"之后拉开车门，他也熄了火跟我一起下来，并锁了车。

"你不走吗？"

"要走刚才就走了啊，既然来了当然是准备上楼。"

"我并没有邀请你吧？"

"反正刚才买的菜够多，你一个人也吃不完。"

"你都不问问方不方便？"

"你一个人，有什么不方便。"

"你从哪看出来我是一个人？"

"今儿是你生日，如果那个人能让你一个人出来买菜做饭的话，要来也没什么用。"

我竟无言以对。

当我倚着门框看穆子维系着围裙娴熟有序地在厨房里忙活，感觉自己出现了幻觉，不禁笑出声来。

"看来这几年你被调教得不错啊。"

"是我妈逼着学的。有一次她去我住的地方,发现桌上的一大碗白水煮鸡蛋都已经发臭了我还在蘸着酱油吃,就彻底崩溃了,哭完后拉着我就去了菜场,从洗菜择菜开始,教到我后来能做那么五六个菜样。"

"阿姨身体还好吗?"

"去世了,去年10月的时候。"

"对不起,我不知道……"

"嗨,生老病死,正常。就是她发现我吃臭了的白水煮鸡蛋的前一天确诊的,淋巴癌。"

"叔叔知道吗?"

"通知他了,到头也没见着个人影。他和我妈这一辈子的互相怨恨真是刻骨铭心……听说他又结了第三次婚,媳妇儿跟我差不多大。也挺好,一个人有一个人的活法。"

标准的四菜一汤热气腾腾地上桌,酒我倒是常备,一瓶红酒已经在醒酒器里静置了20分钟,穆子维解下围裙坐下来举起酒杯。

"来吧,跟寿星喝一个,祝容颜不老,记性不好。"

"这算是哪门子祝福,记性不好多耽误事儿。"

"记性好太累,该忘的忘,活在当下就成。"

一小时后,所有餐盘都见了底儿,几个小菜做得简简单单却有滋有味儿。红酒已经喝到第三瓶,我们坐在地毯上靠着沙发。这么多年过去,当爱恨都过了各自的保质期,他就变成了一个故人,带着陌生的熟悉感,不足以唤醒任何掩埋已久的情绪。

"你怎么会溜达到我们这五环外的穷乡僻壤来?"

"那你怎么会选择住在这里?"

"安生啊,车少,人少,我又不需要跟人打什么交道。"

"房子是买的?"

"租的。"

"也是,女孩子不需要自己买房子,要不然容易嫁不出去。"

我笑笑。

"我在旁边买了套房子,今天刚进了家具。"

"这是要结婚的节奏啊。"

"自打我们分开,我都没交过女朋友。"

"那王明晓算什么?"

突然听到这个名字,他愣了一下。这个从祖辰嘴里无意听来的学妹的名字,那个晚上把穆子维叫到KTV来抓我离开的姑娘,后来成了穆子维的女朋友,在微博上大肆招摇他们的合照和她的喜怒哀乐。祖辰撇着嘴把这些拿给我看时,我正在商场帮艾徊选购手表当作生日礼物。

"她,那段时间,确实很照顾我。"

"子维,我们没必要否定过去。你我之间已经结束了那么久,说谎给谁听呢?"

"我们确实在一起了一段时间,但也很快就结束了。我那时状态很混乱,她给了我一些现实上的帮助。"

我起身把杯子放进水池,打开门。

"差不多我该工作了,你别自己开车,叫个代驾。"

他穿上外套走出去,突然推住我正准备关上的门。

"冉冉,我一直很后悔那件事,一直想跟你说声对不起……"

"如果你后悔的话,"我没有抬眼硬生生地打断他,"为什么要让那么照顾你的王明晓再为你失去一个孩子?"

"那又不是我们的孩子!"

我抬头盯着这张竟然充满困惑的脸,想起了他曾经也是用几乎同样的表情看着我说:"我对你照顾得不够好?"

刚刚生出的那些许改观和好感瞬间消失,我一下子用力关上门,想着世间的有些重逢还是不如不见。

坐在书桌前,我发微信给孟嚐,告诉她我同意写她策划的那版故事方案。手机还没从手里搁下,她的电话便打了过来,背景声音嘈杂。

"怎么着寿星,过了12点就一夜长大了啊!严重表扬一个!"

"你这是在哪儿鬼混呢?"

"你过生日我当然要找朋友出来庆祝一下啊!发票我下次见面带给你啊!"

刚见面时她怎么能用那么知性而善解人意的样子来欺骗我?电话那头嘈杂的背景声渐渐抽离,她像是从室内走出来，用火柴点燃一根烟。

"哎，说说，是什么掰过了你这头犟驴的想法？"

"我只是觉得，别人身上发生的故事，可能比我的精彩多了，突然有些泄气。"

"所以也愿意帮别人的疾苦行文做传了呗？这姑娘真是开窍了，我一会儿一定再开瓶马爹利好好沉浸其中感动一下。"

"……挂了吧，过几天给你交第一批货。"

"好嘞！我说小鹿同学，"都从耳边拿下手机的我又重新把它贴回去，"别否定任何一个阶段的自己，如果生活按这个顺序重来一次，你一定也做不出更明智的选择。"

关了手机，我打开电脑第一次开始认真看孟噙发给我的那个故事方案，直到结束才发现自己一直保持着最初的动作，脊椎已然僵硬酸痛。曾经我以为，如果不是亲身经历的事情，怎样能表达得真切和透彻，作为别人故事的旁观者，始终是隔岸观火，难以感同身受。后来才发现，我沉浸在自己的角色中所表述的那些失去和拥有，才是整件事情原本面貌的断章取义。每个人无可厚非地都更愿意去了解自己的立场，在别人的人生之外，总是客观地很难去对谁责怪。

在穆子维连续约了我四五次之后，我终于答应赴约。他依然开着一辆奔驰，只是从 C 级换到了 S 级。两年前他卖掉母亲留下的房产开始创业，那是她生前一直居住了几十年的一套非常老旧的一居室，也是穆子维长大的地方。母亲的怨念和神经质的梦境伴随着他整个童年和青春期，上了大学之后他就再没有回去和母亲同住过,明明在这个城市有家,却宁愿蹭住在同学家的沙发上。那个局促而昏暗的房间,是他再也不愿回去的地方。

道路越来越熟悉,直到车子拐进那条我后来再也没有经过的路,我知道他要带我去那个在我记忆中充满血腥味的地方。门口的春联竟然还贴着7年前的那一副,红纸几乎都褪尽了颜色。他掏出钥匙打开门,风从开着的窗户里涌进来在空荡的房间里穿梭。家具一件都没有了,装修还保持着当年的样子。我踱着步子慢慢穿过客厅,走进厨房,依次踏进每一扇门,这个不大的两居室承载着我和穆子维最快乐和最不堪的时光。我向门口走去,不想让那些记忆卷土重来。

"怎么了冉冉?"

"你为什么要带我来这里?"

"我把这里买下来了,用创业后挣的第一笔钱付的首期。"

我用手攥住衣服的下摆。

"我想要重新弥补,这里是错误开始的地方,我也想在这里结束。"他从口袋里掏出一个丝绒盒子,朝向我打开,里面安静地躺着一只克拉数不小的钻戒。

何必这么刻意呢。我在心里对自己说,这到底是你的弥补还是炫耀?你是想向我证明当初不愿承担责任的自己如今给得起我一个属于自己的家?

我们保持着这种对峙的姿势僵持了几分钟,听见没有关上的门外电梯间传来电梯到达的提示音,我转身冲出门去,走进电梯和里面走出的人擦身而过。我按下关门按钮迅速闭上眼睛,听着门顺利关闭感觉电梯开始失重下沉,我怕看到门外那个光着脚蹲在地上哭的姑娘。

女人总是容易向持久而顽强的纠缠投降,以为这种专心的关注就是以后生活的蓝本。穆子维想方设法地渗透进我的生活,直到从老家来看我的父母,连带孟噙这个油盐不进的妖孽,甚至家门口超市和咖啡厅的服务员都异口同声地质疑我为什么还不嫁给穆子维的时候,我也开始怀疑是不是自己太固执于从前看不到他的诚意和改变,他看起来已经成为那种最适合嫁的男人。

有一天收到了妈妈快递来的户口本,她发信息告诉我说:女儿,子维送来的聘礼已收到,这是你要的户口本。请放心,我和爸爸是支持你们的,祝你们幸福。如果她知道了几年前我和穆子维曾在一起,知道了我们究竟为什么分开,不知道还愿不愿意祝我和他幸福?

我走到正在帮我收拾衣柜的穆子维面前,举着户口本对他说:"你干的?"

"对,"他专心叠着衣服,头也没抬,"寄给二老了一张银行卡和一些礼物,告诉他们咱们准备结婚需要户口本。"

"你有问过我的意见吗?"

"明天有空吗?我们去领证。"他站起来双手搭着我的肩膀。

这是我曾多么想听到的那句话,如果它早7年到来,是不是我们都可以略过这些年的伤害过得比现在幸福?

"别做这种意淫的假设,"孟噙收齐了我最后一章的稿子,像顺利收到租子一样满意地从我酒柜里拿出一瓶马爹利,"说不定你正一个人拖着熊孩子成了脸色发黄身材走样喋喋不休的怨妇,哪有现在这独立从容的底气。"

酒和电脑是我唯一还没搬去附近穆子维新买的那套作为我们婚房的行李,这是我在这间伴随我两年单身时光的房子里过的最后一晚。

"嫁了也好,人家有心回来找你,也算是大彻大悟之后的悔过和坚定,"她晃晃酒杯里的冰块,"毕竟,你和他之间,还能怎么更坏。"

她凑过来碰碰我手里的酒杯,我们一起干了那一杯还没凉透的液体。

是啊,我和穆子维之间,还能怎么更坏。

距30岁的生日还有两个月的时候,我嫁给了他,没有浪漫的求婚,没有隆重的仪式。订婚那天他的父亲一个人来和我的家人吃饭,崭新的白衬衫上还有折缝的痕迹。他从纸袋里拿出用红纸包着的5万块钱,双手递到我父母面前,脸上带着深深的惭愧和无奈。

"我知道这彩礼肯定是寒酸了点儿,但我能力有限,表个心意,感谢二位愿意把女儿嫁给子维。其他的,以后的日子,就得靠孩子们自己努力了。"

"我不会委屈冉冉。"

这话虽是对着我的父母说，但穆子维扫过他父亲的眼神冰冷而嫌恶。气氛尴尬在那里，老爷子的笑容撑在脸上，不知如何是好。我端着面前的酒盅起身走到他身后，他连忙也顶开椅子站起来慌乱地端起酒盅。

"我们会好好过的，您放心，爸。"

老爷子"哎哎"地回答着，仰脸把酒一饮而尽，不经意地快速拭去眼角渗出的泪花。

5

半泽从厨房端出几碗热气腾腾的味噌汤，从山上下来，他带着我们回到店里，说无论如何要我吃一些暖和的东西。景子倚在门边抽烟，半泽走到我和穆子维对面，深深地弯下腰低着头。

"实在抱歉，刚才的事情，请你们原谅。"

"还是要谢谢你，及时带我赶去了那里。"

听到穆子维这么说，景子冷笑一声："最终，他们在这里互相谅解，从此过上了幸福快乐的生活，忘了在另一个世界的你。"

"艾徊……他到底为什么会……出的意外？"这句话一说出口，我都不知道自己究竟在问谁。

半泽慢慢在我们对面坐下来。

"他喝了很多酒，去山上夜滑，折断了颈骨，到第二天早晨被发现时,早就断气了。"

屋里出现了短暂的沉默。

"出事的前几天,他说有了你的消息,于是去中国找你。回来之后,就把自己连续关在房间里好几天。直到一个傍晚,他突然开车出门,当晚,就……

"我只在门外听到他说'你说得对,是我该死,我有什么脸见你',"景子的声音颤巍巍的,"你到底对他说了什么?"

我根本不知道他们说的这些事发生在什么时候,也根本再没有见到过艾徊。想起刚才穆子维在缆车上对我说的那句话,更加不知道该如何回答。

"是我,"穆子维开口了,声音格外冷静,"那次他见到的是我,冉冉根本不知道艾徊找过她。"

一直垂着头的半泽瞬时睁大了眼睛不可思议地看向他,景子也不由得站直了身体。

"那时我刚刚跟冉冉结婚三个月。"

婚后三个月,我依然没能怀上孩子,虽然穆子维在这件事情上无比迫切地做着努力,但依然不见成效。他不断怀疑着婚前检查结果的权威性,却一遍遍压制着自己想要求我再次配合检查的想法,我对他显而易见的焦虑保持沉默。为了生一个健康的孩子他戒掉了烟酒,连应酬都以茶代替。却突然有一天,直到很晚他都没有回家。过了12点的时候,我发了一条微信询问,却没有回应。凌晨3点,我听到开门的声音,还没靠近他身旁的时候就闻到了浓重的酒精味道,我在原地站住,看着他颓唐地坐在地上。

"冉冉,你说,老天爷这样做是不是为了惩罚我之前的自私?"

"也许吧,"他有些茫然地看着我,没想到我会如此干脆地回答,"但你也不要给自己那么大压力,当年我一个人去复查的时候医生说我是恢复得不太好,所以不是你的问题。"

"你这样说,是觉得我会好受一点儿吗?"

"在这件事情上我安慰不了你,早点休息吧。"

我上前想要把他拉起来,却被他一把拽进怀里。

"我不可能再让你离开我,不可能……"

就是那天早上,他在我做早餐时看到了我放在餐桌上的手机新收到的短信:一冉,看了你的书,通过出版社的朋友终于找到了你的联系方式。我回来找你,可否见一面?艾徊。

他把那个手机号码记下来,迅速删除了短信,然后用自己的手机跟艾徊约定了见面的时间地点。

穆子维早就知道艾徊是谁,他曾在我的支付宝好友里看到过这个名字,看到过我和他分开后一年里的那些转账记录。他问我:"那时候,紫星家园,是他吗?"我坦白承认,然后看他顺手删掉了这个人。其实他完全没必要那么做,失去了关联的两个人即便面对面遇上,也会视而不见。

"我代替她去跟艾徊见面,"穆子维喝了一口手中的热茶,"当我看见约定的座位上那个满心期待的人,心里充满了厌恶。我在他对面坐下来,他惊讶地看着我,我们谁都没有说话。很快,他明白了过来,眼里露出根本掩藏不住的失望。我告诉他我是鹿一冉的丈夫,他拿出笑容来和我握手。"

我把脸埋在双手里,根本无法想象这样的场景。

"你都对他说了什么?"景子走到桌前。

"我把自己的错误,迁怒在了他的身上。我告诉他,冉冉在和他分开时其实有了他的孩子,却无奈放弃,这导致我们现在要不到孩子,是他犯的错让冉冉受到了伤害生活在痛苦之中,"穆子维涨红了脸,"'她一辈子也不想再见到你,你这个罪魁祸首,为什么不去死!'这是我对他说的最后一句话。"

风把没有关上的门刮得晃晃悠悠,景子紧攥着垂在身侧的双手,身体微微发抖。

"对不起。"

没有人去回应这句话,就这样坐着,伴随艾彻一起挨过这漫长的黑夜,直到窗外的天光亮起。

我捏捏有些发麻的腿站起来:"半泽,我饿了,能不能帮我煮碗面。"他很快起身掀起门帘走进厨房,我走到门口,在清冷的空气伸了一个大大的懒腰,景子也出来点了一根烟,被我从指尖抽走,她又点燃了一支。

"我还是恨你鹿一冉。"她看着尚且空无一人的街道,眼妆晕开却显得更加楚楚可怜。

"我也恨我自己,所以没关系。"

她突然轻声笑了,带着些释然和嘲讽。

"这个还给你,"她从口袋掏出一张对折起来的照片递给我,相纸都已经揉得发软磨出毛边。我放在手掌,平铺摊开,画面里的我穿着旗袍捧着盒饭嘴里塞得满满当当,不知在看着前方的什么露出笑容。

半泽开车送我们去机场,穆子维去办理登机手续。

"回去好好保重身体,顺利把孩子生下来,就当是,还艾彻一个清白。"

我笑笑。

"不打算回米其林餐厅继续修炼做主厨了?"

"不了,开一家小馆子守在那里,心里踏实,而且,还等来了你。"

没说再见,我径直走进航站楼,看见面前玻璃映出半泽的身影正在用力招手。

若在年少时,没有一场荒唐而伤及无辜的爱情,在日后每况愈下地陷入生活的风尘中时,我们该如何唤醒自己。

6

回到家中,恍如隔世,熟悉的气味和充满生活印记的物件让我觉得,之前发生的一切不过是场盛大的幻觉。而此刻摆在书桌上的那张景子给我的旧照片却提醒着我,曾经活得比眼下这个时刻的自己要真实勇敢得多。

我约孟噙见面,她脚下生风地朝我走过来,身上散发着奇妙的光彩。

"中彩票了啊你?"我不习惯地看着她变得颇有女人味的衣着风格,甚至连头发也已经留长不少。

"我离婚了。"她笑靥如花地向我展示光秃秃的手指,像其他女人展示结婚戒指那样。

我只知道她的前夫是她刚开始工作时公司另一部门的前辈,为了和他在一起,孟噙毅然辞职进了跟她原先工作毫无关系的出版行业。

十几年的婚姻,就这样结束。

"圣诞节那天我发现了他和一小野模的聊天记录,就立刻翻脸出了门,他也没追,我跟朋友玩儿了一晚上也觉得挺开心,第二天我们就去把离婚证办了。"

她吃了一口我盘子里的沙拉,咀嚼着看着讶异的我。

"就为这个?"

"昂,他们都老公老婆地互相称呼了,还甜蜜地聊起上次度假的床事,我还留下妨碍他们干吗?"

"你俩每次度假不都一起吗?"

"我算了一下那次时间,他说是要去出差。对了,就是我胳膊骨折你在家帮我洗了一礼拜澡那段,"她干脆把我面前的盘子拉到自己面前埋头认真吃了起来,"幸亏没要孩子。"

孟噙拿起一旁的餐巾捂住半个脸的面积擦了擦嘴,我假装喝水不去看她泛红的眼眶。

"你和穆子维这趟出去玩得好吗?"她迅速恢复状态神采奕奕地看着我。

"我怀孕了。"

"这么神奇!!!"她突然提高的嗓门引得旁边几桌纷纷侧目。

"你别咋呼啊!不是这次,已经三个月了。"

"天哪,这穆子维不得乐上天。"

"我不打算要。"

"这位姐姐,你这年龄差不多也是最后一哆嗦了,就你这万里长征总算成功的劲头子,怕是错过这村也就再没这店了。你叫我出来就是商量这事吗?那咱们来好好聊聊……"

"打住,我找你是商量正事。"

"你现在还有比生孩子更正的事?"

我从包里拿出一沓厚厚的文稿放在桌上。

"能帮我出了吗?"

她瞥了一眼似笑非笑地盯着我,"用哪个名字出啊?"

"原来那个,我自己的。"

婚后两年多,在穆子维连同拉拢我家人的强大阵容威逼利诱之下,我彻底停止了写作。理由是,长期坐着和待在室内以及过度用脑精神频繁起伏,会影响身体健康对怀孕不利。有段日子我妈专程赶来陪我,保证我天天无所事事,运动调理做按摩,怎么不过脑怎么来。一段时间之后,我妈都无法忍受这种无意义的人生,回家继续跳广场舞去了,我也终于按捺不住空虚在一个人的时候找时间继续写着。我不渴望什么,只是觉得如果日子就是这样过去不能留下些什么太过浪费,我需要向自己要一个意义。同样也为了避免不必要的家庭矛盾,孟噙用另外一个名字又帮我出了两本书。

"这下是腰板儿硬了哈啊!"孟噙轻车熟路地掏出文件袋把稿子塞进去装回包里,"我回去跟策划商量一下,怎么给你弄个'暌违多年温暖回归'之类的主题。"

说着她就起身拿包要跟我说再见。

"就这么走了?"

"你家就在马路对面不用我送你吧?作为一个大龄单身女青年我得努力工作养活自己啊!来找你路上社里让我赶紧回去开个会,这我都没耽误见你够意思不?你赶紧回去躺着吧别折腾自己。"

我踱进旁边的超市想买一瓶酸奶,听到后一排货架那边传来一个熟悉的声音。拐过去,看见穆子维正用肩膀和耳朵夹着电话,边沟通业务边比较手里两桶油的成分。他下午参加会议的那身西装还完整地穿在身上,连领带也没有松开,出现在超市里像是房产中介或者保险推销员。总算挂了电话,微信又接连几声响起,他把选定的一桶油放进推车转身看见站在身后的我。

"冉冉你怎么出来了?"他快步走到我身边。

"想喝酸奶,顺便走走。"

"喝酸的好,给我生个大儿子,"他喜上眉梢,见我不说话,赶忙补上一句,"女儿更好啊!爸爸的小棉袄。"

我勉强笑笑,他牵着我继续选购货架上的商品,没有注意到我脸上的表情。

穆子维又重新请回了我一直拒绝的保姆,晚饭后收拾停当终于离开。我这才彻底松弛下来,实在不习惯家里总有个外人在窸窸窣窣地洗洗涮涮,尤其是白天我一个人在家的时候,即便不在一个房间我都觉得别扭。

"明天我预约了医院的检查,得早起,所以今天早点睡吧。"穆子维把剥好的一碗核桃仁放在我的面前。

"检查什么?"

"当然是检查孩子发育是不是正常,健不健康啊,在日本这一通折腾,真是难为你了。"他拿着一本育儿百科之类的书在我身旁坐下。

"我先去洗澡。"

锁上洗手间的门,从浴室柜最上层拿下我隐形眼镜的盒子,里面长期装的就是从我和穆子维领结婚证那天起,就一直在服用的长效避孕药。我这辈子根本没打算为他生孩子,只要他还跟我在一起一天,就别想成为一名父亲。

如果这算是我处心积虑的惩罚,那么现在这样的结果,一定是将惩罚应验在了我的身上。这个孩子在这样的条件下到来,并不值得庆贺。它突兀地出现在我充满了药物且毫无准备的身体里,一定酝酿着概率极大的残缺。我没有办法再面对一次这样的被迫失去,但我同样没有办法替他选择不健康的风险。

我绝望地躺在床上等待医生的检查,想着该如何让医生帮我隐瞒在外等候的穆子维,为何不能允许这个孩子的降生。我静静地等待检查一项项过去,想着这也许是唯一也是最后一次享有这样为人母亲的对待。我闭着眼睛,医生全程一言不发,直到耳边传来隐隐的马蹄般的心跳声,我蓦然睁开双眼看向医生,她冲我笑笑,指指屏幕上一小块正在努力收缩的区域。

"喏,小家伙向你问好呢。"

我竭力仰着头盯着混沌一片的画面中央那模模糊糊的小人儿,泪水不声不响地从眼角滑落沾湿了耳边的头发。

"第一次做检查吧?"

我点点头。

"别紧张,一切正常。"

我的心中被感恩和激动充满着,直到拿着B超结果站在坐立不安的穆子维面前,整个人还是一脸木然没有缓过神的模样。他不知道该怎样解读我这个表情,极力表现出轻松的样子询问检查结果,握着我的双手在轻微颤抖。

"医生说,除了我有些贫血之外,一切正常。"

他脸上的表情瞬间失控,又哭又笑地捧着那张小小的图像,用手指摩挲着,眼泪挂在扬起的嘴角上。

"谢谢你冉冉,"他小心翼翼地把我抱进怀里,"谢谢你愿意给我一个家。"

Chapter 5

祖 辰
ZU CHEN

就算此生不复相见，我也不想让自己以这副臃肿而不着修饰的样子直挺挺地暴露在这个浑身散发着光芒的男明星面前。

1

怀孕6个月。我时常抚摸着隆起的小腹发呆,依然无法相信里面真的有一个小生命在日渐成长。每次半夜突然醒来,我都会想起刚刚噩梦里那个有这样或那样残缺的孩子在撕心裂肺地痛哭,于是满身大汗睁大眼睛盯着黑洞洞的天花板迅速去摸安然无恙的肚子,内心充满惊恐和挣扎。

我没有办法把自己的担心和害怕说给任何人听,虽然每次检查过后医生都告诉我孩子没什么问题,但依然无法消除我心里鬼魅般挥之不去的不安。精神状态的波动使我变得憔悴且敏感暴躁,许多根本无关痛痒的小事都会引得我大发雷霆或不可抑制的哭泣,家里易碎的东西已经被我摔了个遍几乎都是新换的。我辞退了保姆,也变得不爱出门不爱见人不愿接受任何信息,长时间地坐在书房里阅读或发呆。我警告穆子维不能把这些状况让我家人知道,他也就默默在我身后日复一日地收拾和承担着一切,没有流露出任何不满和怨言。

孟噙已经约了我好几次说要沟通新书出版的事,都被我

——回绝,告诉她帮我全权处理,直到昨天她忍无可忍地打电话来,说如果我再不出现,就带着部门里的所有人来我家为我上门服务,我可经不起她指哪儿打哪儿的威胁。

当我站在出版社的院子里闻见空气中浓郁的桂花甜香时才意识到,夏天都要过去了,孟噙的头发也长过了肩头。她穿着小巧的高跟鞋搀扶着我到树荫下撑着遮阳伞的藤椅上坐下,蹲下来靠在我的肚子上嗲声嗲气地向里面的小家伙以干妈自居聊个不停。

"我怎么觉得你怀孕之后变得更性感了呢。"她在我旁边的椅子坐下,一只手轻轻撑住明显新打了玻尿酸的下巴,眯起眼睛咬住嘴唇看着我。

"是你太饥渴,看谁都性感。"

她不怒反是满脸桃花地做娇羞状把脸稍稍扭向一旁。

"不瞒你说,老娘的第二春确实势不可当地来了。"

"谁这么不长眼捡你这么个剩儿?"

"哎你这个孕妇说话怎么那么……算了,不跟你计较。我这还没出手呢,只是暗送秋波阶段,对方可不是个普通货色,一会儿你就能见到。"

"你到底是叫我来说正事还是来衬托你姿色的?"

"两不耽误啊!"

孟噙理直气壮的样子真是无比欠揍,此刻若不是策划小姑娘抱着电脑走过来礼貌地跟我问好在一旁坐下,我一定拿面前的橙汁泼她。

"好了好了说正经的,新书的封面和宣传推广方案如果你没什么意见就按我之前发你的那个版本执行了。今天叫你来,是为了另外一件事。你用华年这个名字出的那本《丢失》,被一个影视公司看卜了,想买版权改编成电影。我呢,也跟人家说了可以帮作者全权代理相关事宜,但人家不乐意啊,说因为一些情节涉及比较大的修改,非要跟作者本人面谈以示稳妥和尊重,那我拗不过人家啊,就只好把你搬出山了呗,反正你现在也无所顾忌了,说不定还能跟着炒作一下带动新书的销量。"

"你是不想放过任何一个见到人家的机会吧!"

"说什么呢你!"她咬着后槽牙瞪着我,美瞳都快从圆睁的眼珠子上掉下来了,"我这是不放过任何一个成事的机会!别以小人之心度君子之腹。"

旁边的策划小姑娘无辜地笑着,一副假装听不懂我们在说什么的样子。

孟噙的手机响起,她立马像换了一个人,一脸的温柔似水用含糖量极高的声音边接起电话边踩着小碎步向门口迎出去。

"对方是什么人啊?跟给她灌了迷魂药似的。"

"是个演员,最近刚刚火起来,想买下《丢失》的版权改编自己出演。"策划小姑娘脸颊也微微泛红。

我背对大门坐着,听见孟噙银铃般的笑声从远处到身后几乎不停歇地阵阵响起,不禁对身为她的朋友而感到内心羞愧,都不忍心回头看她脸上此刻的表情。直到她说来我介绍一下,我才不情愿地扶着腰起身慢慢转过去。

"这就是你心心念念想认识的那个神秘的作者华年,其实她就是鹿一冉,也是我的好闺密哦。这位大帅哥,就不用我介绍了吧,最近大家都在看他的热播剧啊,小鹿鹿你也看了吧?就是那个……"

就算此生不复相见,我也不想让自己以这副臃肿而不着修饰的样子直挺挺暴露在这个浑身散发着光芒的男明星面前。户外的阳光明晃晃地照在我白得反光的孕妇裙上,让我生出无处遁形的绝望。

"外面这么热对孕妇不好吧?不然咱们进去在办公室聊?"他的眼神在我脸上做了看不出情绪的短暂停留,继而转向孟噙。

"对对对你看我这闺密当的,走咱们去里面坐。"

孟噙搀着我走在最后面,难掩欣喜地在我耳边小声说:"帅吧帅吧。"

我看着前方挺拔稳重的背影,心中泛起阵阵难过。

你长大了呢祖辰,变得我都快不认识了。

我看着手上的改编方案,偶尔抬头看孟噙和对方的策划人员嘴一张一翕和祖辰专注在听讲的脸,脑海里被一条空荡荡的走道在无限蔓延的画面占领,耳边的声音渐渐隐去,白纸上的字体慢慢放大,突然眼前闪起无数光斑越来越亮,我闭上眼,手指用力捏住两个内眼角想把自己从这种不断下坠的幻觉中拉回现实。

"小鹿？鹿一冉？"

孟噙的声音在我耳边响起，我睁开眼，看到会议室里每一个人目光都关切地集中在我身上，我和祖辰的眼神迎面撞上，他没有躲闪。

"怎么？不舒服吗？"

一种熟悉的亲切感细细密密地扎在我心里依然柔软的地方。

"对不起，这本书的版权我不卖。"

"为什么？"孟噙几乎要跳起来。

我拖着笨拙的身子，在众人惊诧的眼光中走出会议室。在我坐进这里的那一刻，就已经发信息让穆子维来接我，而此刻他已经在大门外等待。祖辰追出来，正看到穆子维为我关上车门，目不斜视地从他身边走过坐进车里即刻离开。我在后视镜里看到孟噙和其他人也追出来站在他的身边，他们看着祖辰，祖辰看着我离开的方向。

2

"可以先不回家吗？"我对穆子维说。

"当然可以，我巴不得你别总窝在家里呢，想去哪儿？"

"书店。"

我站在青春文学的书架前，找到华年写的那本《丢失》，抽出来拿在手里，旁边两个初中模样的女生坐在地上脑袋凑在一起轻声讨论。

"伊岚为什么要那样对晨晓啊，他明知道晨晓那么喜欢她……"

"对呀这个女人真是太过分了，她有什么好，遇见晨晓是她的福分还不好好珍惜。"

三年前的书了，还有人在为两个主角唏嘘。

"说不定伊岚是为了晨晓好不想自己拖累了他呢？"

我向那两个女生搭话，她们抬起头看看我，眼神里带着抗拒。

"阿姨，我们这个年纪的事情你不懂，爱是可以用来抵抗全世界的，什么为了你好之类的都是借口。"

穆子维在旁边窃笑，牵起我的手从那个区域离开，走到流行文学架前。

"等她们长大了，到了看你写的书的年纪，就明白刚才你说的话了。"他指向印着鹿一冉著的那几本，"当时我在公司的同事桌上看到你写的书，下班就跑去附近的书店把书架上的那些全买了下来。"

"这本也是我写的。"我把手里记录着伊岚和晨晓故事的这本举在他面前。

他开始以为我在开玩笑，然后很快从我脸上的表情判断出我在告诉他一个事实。

"还有一件事我也一直瞒着你。"

"你不用说了,"他平静地看着我,"我知道你想说什么。"

一年多前,穆子维修浴室柜上灯管的时候,无意碰掉了我装药的那个眼镜盒子。他不动声色地放回原位,带着其中一颗去问做医生的朋友那是用来治疗什么。得知答案后,他异常愤怒,原来这些年来压在心口的大石竟是我一手垒起的,于是便一不做二不休,用维生素偷偷替换掉我每次放进去的药,而我也压根没有防备过他会发现这件事,更没有注意过那些小白药片之间究竟有什么不同。

"所以穆子维你是在默默报复我!"

"难道不是你在报复我吗?"

我转身往外走,穆子维紧紧跟在身后,直到出了书店大门才拉住我令我停了下来。

"冉冉,你这是在糟践自己不是吗?你真的要为了惩罚我而一辈子失去做母亲的权利吗?"

肚子里一阵异动传来,我感觉到里面的小家伙在轻轻地踢动着。

"我们现在这样不好吗?"他把手轻轻捧在我肚子两旁。

生活就是这样,看似给了我们很多选择,却从来不给我们机会做任何选择。

孟噙来家里找我,这简直是一定的事,甚至还比我预想的晚了一些。她进门之后一言不发地坐进我的书房里,从整面墙的书架上找出了那本《丢失》。

"当初给你出这本书的时候我都没有完整看过一遍,当是骗小孩子的东西,而在你的作品里,偏偏它被选中。"

"那里说的情感简单明了,没什么复杂的冗余,适合改编电影。"

"既然适合,你为什么拒绝?"

"一个故事写完也就过去了,我不想再回顾一次把事情弄得那么复杂。"

"是怕事情复杂,还是人复杂?"

太久没跟她共事,我都快忘了孟噙从来不打无准备的仗,即便她并不了解事情的全部,也一定想方设法得到了些足够她达到目的的筹码。我不觉得我和祖辰曾经的事有什么说不出口,只是怕她因此介怀,让她自己的感情在这样的关联面前显得尴尬。

"鹿一冉从前我是同情你的,"她坐在我工作台后的那张宽大的转椅上看着站在对面的我,"但现在我发现那些都是你自作自受。"

这样的情景气场出现在我的家里让我觉得异常好笑,像是我做了什么对不起她的苟且,此刻该痛哭流涕地扪心忏悔。

"你说得都对,"我带着笑意看着一脸义正词严的孟噙,"那跟你又有什么关系呢?"

她像是没想到我会说出这样的话,表情僵在脸上,迅速起身走到窗前。

"你究竟是来说服我卖掉那本书的版权,还是来打探我和祖辰的关系?"我慢慢在那张大椅子上坐下来。

"书里讲的那些,哪些是真的?"她背对着我。

"亏你在这行做了那么久,故事里的事,哪有什么真假,不都是生活的幻觉吗?"

"他让我转交给你,说如果你说话还算数,他想见你一面。"孟噙从包里掏出一个信封甩在我面前的桌子上,径直走出房门。

信封薄薄一片,没有封口。我知道里面会是什么,也没有忘记自己说过的话。

3

我一直认为如果没有祖辰,内心的恶意会让生活很早就在我眼里变成另一种样子,也许我就不会在心中抱有战战兢兢的敬畏,不会有耐性在日复一日中守候那不期而遇的喜悦。他带我走出那时接二连三的慌乱找到内心的平静,让我愿意跟自己和平相处,并且变得勇敢。

又一次一无所有地从一段关系中逃离,进入漫长的黑夜。在这个生活了近三年的城市,我又一次拖着仅有的行李住进了酒店,像初来乍到的过客,从来没有真正融入过周围的世界。

刚刚祖辰把我从紫星家园拉走之后直接去了他在这里的家,他也不是本地人,而他的父母希望他在异乡求学之时能够有不再漂泊的归属感,所以买了套房子给他。课少的时候或者周末他都会回到这里,享受一切家的便利和安逸。打开房门的时候,那充满另一个人生活痕迹的气息扑面而来,让我想起自己刚刚离开的那个地方,像是一场周而复始的梦魇。我立刻转身离开,那种遭人施舍的厌恶感拱起我迅速膨胀的自尊,仿佛面对的是什么不可原谅的侵犯。祖辰拎着两个人的行李一路小跑追在我的身后,我在路边拦了一辆出租车,几乎是抢过自己的行李迅速关上车门绝尘而去。

我再也不可能用自己做筹码交换任何生活。

祖辰的电话和信息声不断从手机传来,我在不停挂断的过程中订好了酒店房间后关掉手机,直奔目的地。当我躺在这张迎来送往过无数陌生人的床上,反而踏实了下来。曾经那个出逃后觉得惊慌失措的自己不明白,那种无依无靠的感觉是对自己人生掌控的开始,于是她在惴惴不安之中以为那对她敞开的房门是终于出现的救命稻草,一脚踏了进去不能自拔。可是如果没有她,现在的我可能依然不明白孑然一身的可贵。

我请了两天假,开始不紧不慢地找房子,不想再随随便便把自己塞进一个地方等待被谁营救。当我从卡上刷走一个不小的数字,拿着一年租金收讫的凭据站在这套干干净净的小房子里,觉得纯粹而心安理得。被重新洗干净的小白兔玩偶安宁地躺在我的枕边,不用再在谁偶然来访时被我收进抽屉不想让它目睹那些。我把新添置的衣物一件一件挂进壁柜,却发现买回来的还是之前常用的那些。

我们很难让自己逆向行走,刻意回到哪个时候的样子。我们也不用逃避现实,接受每一个已有的改变。

重新回到公司那天,祖辰终于在楼下等到了我下班。这是我第一次看到他没有刮胡子的样子,无精打采地坐在大堂的窗边。他没有看见我,眼神有些失神地望着前方。直到我走近身侧拍拍他的肩膀,他眼睛里才恢复了原有的神采。

"就你这样等人,怕是一辈子也等不来吧。"

他很快起身,即将做出拥抱的姿势,我却赶忙退后一步。

"注意影响。"我示意周边来往的人。

"你不生我气啦?"他跟着我往外走。

"本来我也没生你的气,我在气我自己没出息,管不好自己。"

"你别这样说,我后来想明白了自己那天的行为是没经过大脑,但我不是故意的,我只是想……"

"我懂,"外面的大风吹得我睁不开眼睛,"我知道你对我好。"

他露出了与脸上胡茬儿不相配的孩子般欣喜的表情。

"你车呢?我饿了一天了你不是打算站在这陪我喝西北风吧?"

他立刻走到我身前站在风来的方向,带着我向前走去。

我在超市买了新鲜的羊肉和蔬菜,和祖辰一起回到我的新家。他立刻里里外外参观一遍,然后看起来比我还放松地躺倒在沙发上。

"这才是年轻人该住的地方嘛,去你之前住的地方那次我还在想,你怎么能喜欢那么老气横秋的风格……"

他自知失言,默默起身坐好,不知所措地拿过一旁的遥控器研究起上面的按钮来。

"机顶盒还没来得及装呢,没得看。你去帮我把电磁炉和锅摆上吧,我来洗菜。"

得到任务,他欢天喜地地去执行了。外面的大风刮过窗外呜呜直响,我和祖辰坐在厨房喝着冰凉的啤酒吃着热气腾腾的火锅。

"上次你给我做一顿,这次我给你做一顿更大的,算是还清了啊!"

"噗,鹿一冉,你讲点儿道理,这顿哪一样是你做的?火锅还用做吗?"

"菜是不是我洗的?"

"那小料还是我挤的呢!"

"你干吗那么斤斤计较!"

"是你要跟我还来还去的,到底是谁计较啊……"

我特别庆幸身边能有这么简单的一个人存在,可以毫不费力地跟我一起说一些啰里吧唆的废话,度过些无聊又不求上进的时光。

我开始有越来越多的时间跟祖辰在一起,看他在小剧场的演出,然后在谢幕时扮作热情的粉丝上台献花给他;跟他去留学生聚集的酒吧,在舞池里举着10块钱一杯的鸡尾酒齐声向DJ起哄让他一遍遍放我们喜欢的新歌;也陪他熬夜自习临时抱佛脚地准备期末考试,最后把那些知识点背得比他还熟。

临近农历新年,寒假已经开始一周,祖辰开始频繁接到父母的电话催促他赶紧回家,他都以各种理由拖着不愿动身,并开始名正言顺地接送我上下班。有一次晚高峰大堵车,他在路上动弹不得眼看错过了我下班的时间,我便坐地铁出发和他约定在中段一站的地铁口会合。偏偏遇上了部门里一直对我有好感的男同事单独和我同路,在拥挤的车厢里我竭力和不断想靠近的他保持距离,心里想着平时那么爱给我打电话的祖辰这会儿怎么没了动静。到站的时候,他坚持和我一起下车送我回家,我婉拒了告诉他我男朋友就在地铁站外等我,心里祈祷着祖辰可千万别晚到。直到不相信我突然有了男朋友的同事跟着我一起走上地铁口,看到祖辰急忙从车里下来给我一个大大的拥抱,他才匆忙告别尴尬地离开,那个表情让祖辰得意扬扬地回味了一路。

当天晚上12点多,我接到了他压低声音打来的电话。

"你猜我在哪儿呢?"

"你可别又在我家楼下啊我是真的不会给你开门的。"

"我被我妈抓回老家了!太可怕了!我送完你回去一进家门发现她已经收拾好我的箱子坐那儿等着,然后一气呵成地把我揪上飞机押送了回来。"

"感谢阿姨!我这个保姆终于解脱了,你一年到头在外地,是该好好在家陪陪你爸妈。"

"鹿一冉你客观一点!谁是谁的保姆啊!没有我你怎么办啊!"

"我特别好,而且特别困,明儿还早起呢我要睡了再见。"

挂了电话关了静音,我翻身睡到天光大亮。

没想到再见到祖辰时,已是农历新年后的3月。

开学归来的他到处也没有找到我,直到几天后才拨通了我在山里信号断断续续的手机。

"鹿一冉,你能不能不要再一言不发地就消失?能不能告诉我一下你的行踪?能不能考虑一下我的感受稍微把我当回事儿?"

"对不起……"

"别说对不起,你要真觉得对不起我就赶紧回来,让我知道你平安无事!"

当天晚上,我就赶到了最近一个城市的机场,买了第二天中午一天只有一班的返程机票。

接到我的时候他没有像以往那样习惯性地张开双手给我拥抱,而是用有些难过的眼神看着我向他走近。

"我回来了。"

他没有说话。

几乎24小时以来都在乘换各种交通工具持续赶路,并在机场的椅子上等了一夜的我,此时实在没有什么多余的力气可以给他安慰。

"走吧祖辰，我真的要累死了。"

"我也要累死了。鹿一冉，你就不能安分一点吗？"

"我没有要求你怎样，如果觉得累，你大可以离我远远的啊！"

这些日子以来心里隐忍的委屈在他这句话面前终于爆发，我顾不得自己油腻腻的头发和毫无修饰满脸风尘的形象，冲他喊了回去。旁人看来，这该是一幅多么耐人寻味的画面：一个穿着羽绒服拎着大背包脏兮兮的女人，情绪难以自控地在对衣着得体一脸冷漠还皱着眉头的帅哥嘶吼。一定是那个女人在乞求什么，而那个男人心里一定充满嫌弃。

我实在无法继续忍受自己的丢脸转身走开，心里还顾念着拎着这个沉重的大背包不要让我走路的样子太难看。祖辰三两步追上来一只手轻松从我手中拽过背包，另一只手环过我的肩膀用力搂在胸前。

"你就老实待在我身边很难吗？"

我的眼泪掉在他的手背上，我很想告诉他那天他离开之后，艾徊和倪唐分别去公司找过我，我因此经历了什么，我也很想让他知道我愿意待在他身边不去担心过去在我身上留下的不安定信号。但最终我什么也说不出口，我无法把自己经历的一切怪罪在任何人身上。

没有人能让你变成哪种人，之所以你会承受相应的因果，是因为你本来就是那种人。

4

祖辰彻底搬来和我同住，不仅周末，甚至每天下课之后开将近一个小时的车回来，第二天再早早起来赶去学校。那段时间我利用自己辞职后的空闲报了一个外教口语的培训班，有时候回来晚些发现他已经在沙发上睡着了，桌子上还放着一口没动的外卖。我劝过他很多次让他别这样把时间都浪费在路上，既耽误休息又疏远了同学间的关系。他每次都匆匆关上自己的房门打着哈欠把我的话挡在外面，终于有一次他回应说这样总比一觉醒来又不知道我在哪里要强太多。

他睡在我小房间的沙发床上，那里之前我在当作衣帽间使用，现在基本被他的物品侵占。每次我要找点什么都得先把上面那层他胡乱堆着的衣服和漫画扒在一边，每次我帮他整理好基本第二天就又会乱成原先的样子，所以后来我就放弃了。

有天下午我练完瑜伽冲了澡从淋浴间出来，发现原本挂浴巾的地方空空如也。我想着就是祖辰那个家伙用完顺手放在了房间里，于是只好一身湿嗒嗒地就跑进他那个房间，看见浴巾被胡乱扔在地上，和换下的袜子之类混在一起。我只好打开衣柜去找新的，没想到一开柜门里面一堆衣服一下子涌出来堆在地上，这就是昨天我忍无可忍让他收拾下自己衣服的成果吧。顾不上这些，我顺脚踩在上面去上层翻找浴巾，好容易够下来准备再折回浴室冲冲身子暖和一下的时候，发现立正站好的祖辰正呆若木鸡地站在房间门口。有那么几秒钟，我们各自保持着当下的姿势无法动弹，紧接着我尖叫一声把浴巾抱在胸前蹲了下来，而那小子竟然没有赶紧转过身去并且眼神随着我低了下来。

"祖辰！把门给我关上。"

"为什么？反正已经看见了。"

"你……"

他竟然走了过来，顺手拿起旁边的一件大衣披在我身上。

"反正早晚都要看的，没什么差别，你赶紧回去别感冒了。"

我感觉脸上的温度一路烧到了耳根，急忙裹紧衣服跑回浴室狠狠摔上门，并气急败坏地大吼："你不上学干吗回来那么早啊！"

"我们今天下午的课临时取消了啊！"他的声音贴着门传了进来。

直到我们出门一起吃了晚饭买了电影票找到座位坐下来，我都没敢正眼看过祖辰一眼。大银幕亮起，灯光熄灭，他抱着一大桶爆米花凑过来，我赌气似的摇摇头。

"鹿一冉你别那么封建好不好，我不就看了一眼你的裸体嘛。"

前排的两个小姑娘稍稍转过头来瞄了我们一眼，靠在一起偷偷笑了起来。

"祖辰你是不是缺心眼儿。"

我尽量压低声音怒视着他,他却饶有兴趣地嚼着爆米花看着我。电影开演了,我戴上3D眼镜没有再理他,15年后重新上映的《泰坦尼克号》让也许曾经懵懂时无意看过的我们再次被彻底地打动。因为看过结局,所以当主人公二人沉浸在爱情的喜悦中时我心里更加难过,那对未来充满希冀和缱绻的笑容,在即将到来的生死离别之前毫无防备地映在彼此眼中,令我难以抑制地泪流满面。祖辰拽过一直刻意和他保持距离的我揽在怀中,我沉浸在自己的悲伤里顾不得很多,接过他递来的纸巾靠在他的肩头。直到片尾曲响起,全场观众都静默着无人离开。我失神地一路走出影院上了车,像重新经历了一次自己无望的爱情。

祖辰把车开到不远处的一个湖边,落下窗,春天的气息夹杂着尚未完全退去的寒意透了进来。他在车上翻箱倒柜地折腾了一圈,最后沮丧地坐回来。

"我车上怎么一样值钱东西都没有。"

"干吗,把车开到这么荒无人烟的地方怕人打劫没成果啊。"

"我突然想起好像没特别正式地跟你表过白。"

"并不是,你已经说过很多次了。"

"那些都不算!这次是来真的。"

"哦,你的意思是之前都是拿我寻开心吗?"

"你知道我不是那个意思!"

"那你是怎么个意思……"

他突然两手按住我的肩膀一下子吻上来，片刻之后扳过我的身子面对面看着我的眼睛。

"鹿一冉，你别说话，你听我说。从第一次见到你，我就被你那种看起来既好欺负又拒人于千里之外的奇怪气场笼罩住了，我想尽办法靠近你，陪着你，在离你明明只有一步之遥却根本无法看清你喜怒哀乐的地方痛恨自己，我想和你时时刻刻都在一起，想让你每天都快乐，想让你因为我的存在而感到满足。你可不可以老老实实待在我的身边，看着我为你努力，我不在乎其他任何有的没的就是想一直跟你在一起，你能不能成全我？"

我从来没听他一口气说过那么多话，按理说看着这张脸，在电影的铺垫下，在这样的气氛里，应该会被感动才对，但他突然这么咬文嚼字地正经起来让我特别想笑。在那充满期待的眼神中我终于还是没绷住笑出声来，祖辰显得异常失望，整个人泄了气转过去瘫在座位上。我知道这样打击一个少男的真心特别不合适，于是嬉皮笑脸地去跟他说抱歉。

"在你心里我是不是特别可笑？"

看来这次他是真不乐意了。

"你别这么较真儿嘛，只是你一下子变了个人我没做好心理准备。你再来一次，再来一次我保证进入情绪。"

听完这句话他显得更加郁闷，干脆打开车门走了出去。

他曾经问过我,是不是他特别差劲,才让我宁可沉浸在与别人的痛苦回忆中也不愿认真面对他的感情,是不是我觉得他就是个什么也不懂的小毛孩根本不在意他的存在,只当是个无聊时的玩笑召之即来挥之即去。我以为那只是他一时的气话,也的确觉得他对我的感情只是转瞬即逝的新奇,很快就会过去,所以不知该如何对待,但却从来没有不把他当回事,也没想到长久下来自己对他的伤害已经有那么大。

祖辰走到湖边,路灯把他修长的身影拉得很远,藏蓝色的薄羊绒大衣下裸露出细长的脚踝,我看他冷静了一些,走过去并排站在他身旁。

"上个月我从大理刚刚去到拉萨,没什么经验,进房间就洗了一个热水澡。半夜被强烈的头疼唤醒,睁着眼挨到天亮,几乎是从二楼爬下去找到客栈的老板娘,喝了她给的红景天,稍稍好了一些。我问哪里有医院可以快速治疗高反,她建议我如果可以就坚持过这两天,自然会好。"

我们都看着湖面,一阵风吹过水面泛起涟漪。

"于是我坐在院子里看她用彩色的棉线编出各种好看的结,她说,在这个地方,人们把高原反应看作是在消除之前生出的业障。所以,应该勇敢面对不要逃避。她教我学基础的编织手法,说这样可以稳定心绪让意志变得强大,"我在包包里层掏出一个样式再简单不过的彩线手环握在手心,"那天是你的生日,我知道你很介意我没有打电话对你说生日快乐,但请原谅那时我无法自持的混乱。你去机场接我的时候我就想给你来着,可是当时的气氛太差了。我学了半天只勉强编出了这个给你,实在也不算一个合格的礼物。"

我在祖辰面前摊开手心,手环被我握得汗涔涔的,有些难堪地躺在那里。

"我想让你知道,我没有觉得你可笑,也没有不在乎你,你在我心里很重要。"

我仰脸看着他,他看着我手心迟到许久的生日礼物。

"鹿一冉,你别想就这么蒙混过关。"

他在我变了脸色抽回手的前一刻迅速夺过手环,用力地拥抱我。

"这是你欠我的一个愿望,先保存在我这里,等哪天我开口要了,你不准拒绝我。"

"好。"

5

从那天起,这手环就没离开过他的手腕,它有些突兀地仿佛生长在了那里,昭示着我对他的亏欠。他被我赶出家门那天,我看着那鲜艳的颜色从合上的门缝里渐渐消失,多希望它能够帮我挽留祖辰的离开,但是他什么也没有说。

而现在,从信封里滑落的这个已经被时光磨得褪色的手环就这样静静躺在我的面前,在杳无音讯的十几年后要我兑现当初许下的诺言，现在的你，还需要我做些什么？

孟噙开车带我去找祖辰的路上一言不发，她放下信封径直走出书房之后就一直守在院子里的车旁等我。她知道我一定会出现在她面前跟她走，如果没有，她也一定也会把我拖走。

这是在闹市中被隔绝出的一片私密的别墅区，再三确认后我们被放行进入。在几乎最深处的一栋房子前孟噙停车把我放下之后立刻离开，我站在大门前犹豫着要不要按下门铃的时候门打开了。

我跟在祖辰身后走进这栋几乎每个房间都亮着灯的房子，他还和从前一样，不喜欢夜晚房间里的黑暗，从前每次我都要在他睡着之后帮他关掉台灯。他把我带进客厅，礼貌地示意我在沙发上坐下，自己则坐在我对面的椅子上。他穿着一身厚棉质的家居服，头发自然地垂下来，五官的轮廓好像比之前更深了，退去了稚气的眼神透露出看不出情绪的平静。

"谢谢你来。"

他露出标准的笑容，像在电视剧里那样。那个总是表情丰富围在我身边的大男孩，长成了面前这个陌生的样子，我突然有些难过，从包里掏出信封放在面前的桌几上。

"应该的，我还能对自己说过的话负责。"

他的笑容幅度增加，起身在一旁的吧台倒了一杯清水放在我的面前。

"你还是这么别扭,随时要抵抗全世界似的。"

我端起水杯喝了一口。

"宝宝还有多久出生?"

"4个月。"

"第2个了吗?"

"不,第一个。"

他挑挑眉毛表示惊讶。

"没想到你最终还是嫁给了穆子维。"

我挑起嘴角来回应他,不打算把话题牵扯到过去。

"你想用手环来交换那本书的版权吧,可以的,但我已经说过不卖,所以,就送给你好了。"

"孟噙跟我说过,其实出版社和你的合约里明文规定着她有60%的权利可以帮你决定版权改编的授权和售卖,所以,其实我们完全不经过你的同意就可以操作完成。"

"那不是挺好,"我撑着扶手站起来,"感谢你对我表示的尊重,祝你们合作愉快。"

我径直向门口走去,祖辰起身面对着我离开的方向没有动。

"鹿一冉,你能不能不要再那么霸道学会听别人把话说完。"

我停下脚步,转身看着他。

"你到底想要什么?"

"我想要你这个人,"他稍稍稳定了一下略显激动的情绪,"我想让你亲自帮我重写这个故事,陪我一起把这个电影拍完。"

故事里的人突然从过去跳出来想要改变自己的命运,他不愿意接受结局就停留在那里,于是用那个魔法念出不可违抗的咒语。

"我等你,这几个月我不会打扰你。等孩子出生,你要回来履行你的诺言。"

"囤了这么久,这算是哪门子的愿望?"

孟噙和祖辰顺利签订了合同,把我从家里叫出来陪她去染头发。她又恢复了有些男孩子气的样子,把之前的妩媚妖娆当作是一场噩梦。

让一个愤怒的女人迅速与另一个导致她愤怒的女人和解的理由,大多是因为她有了新的恋情忘记了愤怒。孟噙在一场校友会上遇见了比她小好几届的一个学弟,刚刚从法国留学归来成立了自己的设计工作室,两人以合作为突破口越聊越深入,直到某天早晨一起醒来男人看到床头孟噙之前的照片,说如果他先认识那个帅气的姑娘昨晚可能就不会选择和她回家。这句解救孟噙天性的话令她心花怒放,顺水推舟地挣脱了世俗审美给她的束缚迅速恢复本真,和设计师极速陷入水深火热的爱情。

"如果是我,真逮住这么一个不容错过的机会,必须要回你的人,管他三七二十一。"

"人家现在是发展势头正好的明星,要我一个年老色衰的大肚婆来做什么,还不够拖累的。"

"你不懂,情人还是老的好,见惯了娱乐圈里的妖魔鬼怪,你这种养在深闺的天然无添加才是珍稀物种。"

我懒得跟她争这个,捏着肿得日渐严重的手掌,想着还有3个月自己就能见到肚子里这个把我折腾得够呛的小家伙是个丫头片子还是毛头小子。

"之前跟他聊的时候听说,他大学毕业之后直接出国待了很久,真正回来发展演艺事业也就是几年前吧。怎么他没带着你一起去啊?"

"我们,当时很快就分开了……他毕业的时候,我都已经流浪一年多了。"

6

看完电影回去的那天晚上,我刚在床上躺下来就听见祖辰敲我房门问我睡了吗,这种显而易见的明知故问让我也不得不放他进来礼尚往来地回一句还没。他穿着背心和睡裤坐在我的床边,一脸羞赧地说他待在那个房间里眼前就不停出现白天时我一丝不挂站在那里的样子,根本没法静下心来睡觉。我软硬兼施地企图迅速把他赶出我的房间,建议他去客厅沙发上睡冷静一下,结果他干脆掀开被子在床上躺了下来。

"好困啊,我先睡了,你也赶紧睡,晚安。"

他露出一脸心满意足的样子裹紧被子迅速进入睡眠状态。我在他背后空着的半边床上坐了下来，走也不是躺也不是。他的呼吸很快变得均匀，一动不动安静地保持着那个蜷起来的姿势。我小心翼翼地关掉台灯躺了下来，盖着被子的一角，也不知不觉地睡着了，一夜相安无事。

第二天早晨睁开眼睛的时候，祖辰正用单手撑着睡眼惺忪的脸饶有兴趣地看着我，我一时没反应上来只是条件反射般地把被子拉起来蒙在头上。

"早啊梦话虫！你这一晚上睡得可真不闲着。"

"我说什么了？"我隔着被子闷声询问。

"没太听明白啊！必须得多听几次才能搞懂你的发音规律。"

我一骨碌坐了起来，抱起枕头往外走。

"既然你那么喜欢睡在这儿那咱俩换房间好了。"

他倒是没有阻拦，结果当天晚上等我洗完澡出来发现，沙发床已经被折叠了起来，被褥什么的彻底消失不见，而祖辰本人正心安理得地靠在我床头玩手机游戏，看见我之后还拍拍身边的位置无比自然地招呼我赶紧睡觉。

我干脆一副豁出去的样子走进去关上房门脱掉睡衣，只穿着内衣内裤走到床边站着看了他一会儿，如愿见到他又僵在脸上的表情之后满意地关了台灯躺进被子里背对着他安心闭上眼睛。他在那儿愣了一会儿，把手机放在床头拘谨地平躺下来，爱充大尾巴狼的小朋友就得这么治他。

时间刚刚过了9点钟,根本还没到我的睡眠时间,这么一动不动地躺着干瞪着眼睛着实成了煎熬,身后那位也一直保持着刚才的姿势没有一点声响。我们俩就像两个幼稚鬼在比赛谁先动谁就输了似的僵持着,我心想着现在20岁的大小伙子哪个不是见多识广,怎么这么点儿阵势就给祖辰唬住了,想必也是假装清纯。于是默默撇了撇嘴,感觉被压着的那个腿开始发麻的时候,身后有了动静,他慢慢翻身过来,几乎贴上了我的后背,轻声问了一句:"睡了吗?"

我一时没敢吭声,全身的注意力都集中在后脑勺,见我没有反应,他的一只手环过我的腰,胳膊裸露的皮肤贴着我的小腹蹭过,一身的鸡皮疙瘩瞬间冒了出来,拍打着我后背的呼吸开始变得急促。

"我知道你醒着。"

祖辰突然一用力,将我扳正过来,一个翻身把我压在身下,撑起双臂注视着我来不及闭上的双眼。窗帘没有拉,外面的月光无比明亮地照进来,今天是十五满月吗?我脑子里竟然开始想这种乱七八糟的问题。此刻他身体的正常生理反应隔着薄薄的衣物作用在我身体上,我挣扎了一下表示抗议但却如预想般徒劳地被很快制服得动弹不了。

"你别动鹿一冉。我是个男人,这样跟你躺在一起没有非分之想是不可能的。而且,我也觉得,两个成年人,互相喜欢,发生这样的事情很正常。"

"谁告诉你我喜欢你了。"

他的脸慢慢靠了下来,嘴唇落在我耳畔脖颈的皮肤上,温柔而缓慢地亲吻吸吮,那酥麻的感觉迅速令我大脑一片空白,不自觉地闭上眼睛,颤抖的呼吸无法稳定住心中的节奏。他轻咬住我的耳垂,用气声说:"你不喜欢我吗?你还要自欺欺人到什么时候?"

他起身脱掉了自己的上衣,年轻而结实的身体在月光下晕出一圈幽幽的光芒,他看着胸口不断起伏的我,双手探到我背后解开了环扣。他没有着急拉开,而是退后一步弯下腰来吻我大腿的皮肤,然后缓步向上,用鼻尖拨开轻搭在我胸前的内衣,然后我早已被撩拨得呼之欲出的欲望迅速被温暖潮湿的气息包裹,我的指尖情不自禁地在他后背的皮肤上轻轻划过,感觉他的一只手放开被揉捏得微微发疼的柔软之后不再畏缩游移,快速滑下用力扯下我们之间的最后一片遮挡,手指径直向炙热丰沛的深处迂回探去。

我的每一处敏感和欢愉都被他同时霸占着,矜持和理智早已消失在九霄云外,无法自拔地沉浸在蛰伏多时的汹涌进攻当中。祖辰把所有覆盖在我们周边的遮挡统统扔到床下,滚烫的皮肤一览无余地完全彻底暴露在对方眼中。

"你终于跑不掉了鹿一冉,"他用一只手用力捏住我的小腿高高抬起,然后俯下身来向我宣告,"从此之后你只属于我一个人。"

我闭上眼睛,周围的一切早已变得虚幻,而就在我们终于可以不顾一切决定把自己正式交给对方的时候,祖辰床头的手机突兀地响了起来,让我所有的感官倏地回到了现实世界。铃声尖厉而又锲而不舍地响着,祖辰停止了动作看着亮起的手机屏幕变得犹豫。我转过头去,看见来电图片显示着一位看起来面容姣好气场高贵的女子,称呼是"我的女神"。

"接吧。"我抽身出来从床下捡起睡衣披在身上。

"不用理她……"

"你就接吧,反正已经打断了。"

我开门走出去,进到厨房打开冰箱。祖辰没好气地接起电话,质问对方干吗。我坐在餐桌前,听见祖辰说,我最近住我女朋友家,是没回那边。然后匆匆应付了几句,就搪塞自己已经睡了迅速挂了电话。他赶忙走出来找我,屋里的灯都黑着,他套着睡裤没穿上衣在我面前蹲下来。

"对不起,我没想到这会儿我妈还会给我打电话。"

"你妈给你打电话你干吗要说对不起啊。"

"真不是时候……咱们,回去吧。"

我跟在他的身后回房间躺在床上,他凑过来吻我,我却被刚才那杯冰水浇熄了所有的念想,觉得疲惫。

"睡吧,我困了。"我转身背对他。

"你别这样啊,你这样我……"

电话再次响起,祖辰无奈地再次接起,静谧中对方的声音我可以听得一清二楚,那是个操着南方口音的女人冷静的声音。

"你什么时候交女朋友了?为什么没告诉我?"

"这是我自己的事为什么要告诉你?"

"你什么时候学会这样跟我说话了?你女朋友教的?"

"妈,这么晚了你别无理取闹。"

"她是不是在你旁边?什么样的女孩子会随随便便带男孩子回家过夜的?"

"什么叫随随便便?我们都多大了,做什么是人身自由!"

"她是你同学吗?家里是做什么的?这种事情你怎么可以不征求我们的意见呢!"

"我一定会带她正式去见你和爸的,但你们不要企图干预我们在一起的这件不可改变的事。"

"儿子你冷静一点,你才多大啊未来还有那么多选择……"

祖辰硬生生把她的话隔绝在电话那头,他关机后气鼓鼓地把手机扔在一边,又来扳过我企图脱下我穿好的衣裳。

"祖辰你冷静一点,你妈妈说得对,你才多大啊未来还有那么多选择,怎么能跟我这样随随便便来路不明的女孩子在一起。"

"鹿一冉你说什么呢?"

"我在陈述一个客观事实。"

"她说的话你怎么能当真呢?她根本就没有见过你根本就是在瞎担心罢了。"

"睡吧,明天你就搬回学校,回到你自己的房子去住,那才是你该有的生活状态。"

"你不用想了,这不可能。我妈那边的问题我自己会解决好,你只需要安心待在我身边。"

然后我们彼此都没再说话,却几乎都一夜没睡,各自沉默着。我好容易说服了自己不在乎我们之间的各种差异,像他说的只要开开心心地和他在一起,却忽略了这种两厢情愿的说服根本没有用。两个人要顺利地在一起,需要更多人的情愿和允许,那些负隅顽抗的感情有多少能安然地走到最后,这里是无限延展的现实世界,不是戛然而止的童话。

第二天是周末,祖辰却早早就出门了,我困得头突突直跳很难从床上爬起来,于是干脆安心睡回笼觉。再醒来的时候已经是中午12点多,外面有脚步声,我听出是祖辰在忙活什么。坐起身来,床头一个扎着丝带的礼物盒安静又显眼地搁在那里,旁边靠着一张半开的卡片。我拿在手里翻开,上面是祖辰显得认真却依然不怎么好看的字迹:

亲爱的鹿宝贝,在我心里,你已经是全部属于我的唯一。无论来路有任何阻碍,我都会为你不顾一切。你愿意相信我吗?落款是:你的辰骑士。

我被他的天真逗笑,拿着礼物走出去,看见厨房的桌子上竟然摆满了各种精致的菜肴和一个价格不菲的蛋糕,祖辰正在开一瓶红酒,见我出现赶忙迎了上来。

"醒啦,想着你没休息好估计不想出门,我就点了些外卖,还有你最喜欢那个牌子的蛋糕,"他乐颠颠地在我额头上快速吻了一下,"礼物怎么不拆开呢?"

"你这么不顾一切,我怕里面装的是开路的炸弹。"

他哈哈大笑,催促我拆开礼物。撕掉包装纸,露出上面烫着金色品牌名字的红盒子。

"打开啊。"

见我不动,他拿过去替我打开,一个玫瑰金色的手镯躺在里面。

他用配好的工具拧开手镯上的螺丝扣,拉过我的手想要套进去,我却抽了回来。

"怎么?不喜欢吗?我想给你买上面镶钻的那款来着,但是信用卡额度不够了……"

"祖辰,你不能这么把你爸妈的钱花在我身上。"

"为什么不能?我早就跟他们说过了,18岁之后我的支出都是记在账上的,将来自己挣钱了会一分不差地还回去。"

"那是花在你自己身上的钱,不是给别人。"

"这有什么区别?我的就是你的,我都会还回去的。"

"总之我不会要的。"

他与我对峙了一会儿,见我态度强硬,便把手镯放回去随手搁在一边。

"那,吃饭吧。"

我看得出他脸上明显的失望和不悦,可我不想被自己看不起。

外面的天一直阴着，我在拉上窗帘的客厅放了一部电影，和祖辰各自坐在沙发的一边安静地看着。微信连续响了好几声，他赶忙关了静音，匆匆看过便放在一边。不一会儿屏幕又无声地亮起，有电话打了进来。他把手机扣了过去没有理会，我在这样别扭的状况下内心烦躁无比。

"你接吧没关系的。"

"没事儿我们继续看。"

"你就接吧，总是这么不消停也没法安心看。"

他看了我一眼，拿起手机走进洗手间关上门。我的眼睛盯着屏幕耳朵却不由自主地捕捉着从门缝里偶尔露出来的只言片语，听起来不像是他母亲打来的，这才安下心来稍稍放松了一些。祖辰走出来，我一直抬眼盯着他。

"同学生日，让我晚上去一起吃饭，我说有事儿拒绝了。"

他重新坐下来，盯着屏幕上我早都接不上了的剧情。

"干吗拒绝？"

"因为我知道你不愿意出门，想在家陪你。"

"你怎么知道我不愿意出门？"

他转过头来不明所以地看着我。

"你是不愿意带我去见你的朋友吧？"

他反应了一下，立马兴奋地站起来。

"你愿意跟我去参加生日聚会吗？我之前怕你介意一直不敢跟你提这茬儿，我那帮朋友想见你许久了，我早都想把你介绍给他们认识了！"

祖辰立刻关上电视，拉起我收拾停当迫不及待地出门。他特意等我穿戴好才迅速挑了一身和我风格搭配都相近的行头，而我刚选衣服的时候一直心里想的都是怎样才让自己看起来能融入他们之中。

7

聚餐地点是他那个过生日的同学家里，刚拐进他们家小区院子就看到不远处的一栋三层小楼路边停着好几辆价格不菲的跑车，这才想起来后悔为什么主动要求来挤进他们这个与我生长环境完全不符的圈子。祖辰停好车下来给我开门，"到啦！走啊。"

我坐着不动。

"又怎么了姑奶奶？"

"现在反悔来得及吗？我可以自己打车回去。"

"说什么呢你，"他弯腰伸手把我拉了出来，"因为你要出现我们群里跟我打赌那些人红包都发了好几轮了，你这要临阵脱逃了我就没脸见人了，赶紧的吧。"

他拽着我推开铁门走进院子，不远处几个看到我们的人兴奋地吹起了口哨。

一分钟有多长。

这取决于你处于一个聚会的圈里还是圈外。

除了祖辰的家境外，我还忽略了他学的是表演专业。陆续到齐的姑娘们个个长相出众身材傲人，浑身上下的穿戴配饰也都一个不比一个逊色。他一刻也没放开我的手，大方向每一个人介绍说我是他的女朋友，男孩子们热情问好之后善良打趣，女孩子们满脸笑容地打招呼之后，转身就能立刻收回表情和身边的人传递眼神。我沉默地站在不停和朋友说笑攀谈的祖辰身边心情僵硬得像马上就要凝固了一般，即便在这个环境里他的外形也是出众的那个，一定有不少女孩子看到我之后在替自己和对方不值。

好容易撑到吃完饭，屋里的灯光和天色一起暗了下来，聚会的人群都进到房子里伴随着音乐和酒精进入更加尽兴的狂欢。我怕扫了祖辰的兴于是借口要给家里回个电话暂时留在户外，让他先进去不要怠慢了寿星。我坐在杯盘狼藉的桌边，活动公司的专业服务员正有条不紊地做收场，撤掉我面前餐具的时候礼貌地冲我点头微笑。祖辰出来找过我一次，我找借口说要去洗手间很快就去找他。一向不怎么喝酒的他今天倒是来者不拒地干了不少，就因为别人无论是不是真心的一句"祝你们幸福"。一楼二楼的洗手间都被人占着，等我好容易在三楼的书房旁找到一个空着的洗手间用完下来，路过二楼的门廊，看见小露台有一男一女的身影，男的好像是祖辰。我心中带着不好的预感走过去，屋里没有开灯，院子里的灯光刚好把小露台打亮。我眼睁睁看着那个女孩子坐上在藤椅上半躺着的祖辰的腿，捧着他的脸吻了下去。他没有拒绝，就那样任女孩吻着。我没有力气拉开眼前这扇门走出去质问他们在做什么,于是转身离开这个原本我就不该出现的地方。

直到回到家之后我的脑袋都在嗡嗡作响,我看着门口穿衣镜里的自己活像是一只出场就注定斗败的公鸡。还没等我把身上的衣服换下,敲门声就响起,估计是祖辰找不到我又打不通我的电话所以追回来了。我想让他问我为什么一言不发地就走掉,这样我就可以问他刚才在小露台上发生的是怎么回事。气势汹汹地拧开门锁,准备好的战斗表情不仅出现在我的脸上,一位踩着10厘米高跟鞋稳如泰山站在门口的女士礼貌地开口。

"鹿一冉吗?"

我点点头。

她向前一步,"我是祖辰的妈妈。"

她尽量表现出礼貌,坐在我对面用克制的眼神打量着我和所处的这个房间,最终眼神停留在我的脸上。

"辛苦你这些日子照顾祖辰。"

"没有,是他照顾我比较多。"

我努力保持镇定,但心里的感觉却像是误导了好学生的坏孩子被抓了现行,天然地生出了自卑和愧疚。

"我想也是,"她快速扫了一眼我的穿戴,"祖辰没少在你身上花钱吧?"

"阿姨,虽然我的条件不比您家,但这些钱还是给自己花得起的。"此时我无比感谢自己上午没有一心软收了祖辰的礼物戴在手上，不然此刻一定没有如此坚实的底气。

"听祖辰的同学说，你已经工作了吧？"

"对，但刚刚辞职不久。"

她意味深长地"哦"了一声。

"昨天我陪祖辰爸爸来这里开会，到了这边的家之后保姆告诉我祖辰最近都没有回去住，所以我给他打了电话，想必，那时候你在旁边都听到了。"

我脑海中此刻不合时宜地出现了昨晚的画面，不自觉垂下眼睛不置可否。

"祖辰从小朋友就不多，仅有的那些也都是我和他爸爸身边朋友的孩子，他们的世界都比较单纯，一路长起来也没为什么发过愁，以后的路我们也都安排好了，所以，难免贪玩了些，很多事情不知分寸，这点的确令人担心。鹿小姐就不同了，一个女孩子这么早就进入社会自己打拼，肯定经历过很多不容易，和祖辰身边的那些女孩子比起来，你可懂事多了。"

我怎么听这也不是在夸我的意思，更像是在明确地在划分我和祖辰之间的界限。

"我总是不在他身边，男孩子嘛，情窦初开的时候总是比较盲目，也许会被比自己成熟的女孩子吸引，但那一定不是真正的感情，就是一时的好奇而已，很快就会知道自己真正应该拥有的是什么。我了解祖辰，这孩子占有欲强，想要什么一定会想尽办法弄到手，可一旦得到了很快就会失去兴趣。东西不要了可以扔掉，但是人就麻烦了，到时候如果搞得无法收场，那可就太难看了。女孩子，还是该多爱惜自己一点，要看清自己真正适合的人才对。"

她用一个过来人的眼神饱含深意地盯着我，我简直要在这样真挚的苦口婆心面前深刻反省重新做人。她见我一言不发，便站了起来向门口走去，又犹豫着停下脚步，转过身来看着我。

"来之前我请朋友帮忙大致了解了一下你的情况，能理解你为什么会这么做。祖辰现在就在楼下车里，他已经喝醉了。刚才我去聚会上找他的时候没有见到你，所以按照他车里的导航记录找了过来，希望你别见怪。你和祖辰之间现在不管是什么状况，我都希望能到此为止，如果你们自己做不到，我会想办法来让你们做到。他年纪还小，没什么自制力，希望你能识大体一些，我们都是女人，应该明白一个道理，如果你不给自己留些自尊，那别人就一定会在此基础上加倍对待。"

她关门的声音在我耳边留下了强烈而持久的回响，浓重的香水味在周围的空气里久久无法散去。我心中的羞耻感快要把自己撕碎了，就因为我没有聚会上那些孩子的出身，所以在他们身边就一定是处心积虑另有所图，所以一定是我主动献身设计迷惑，所以一定会不知廉耻恶意纠缠。这整个情境看下来简直真相明朗无可辩驳，我的任何解释都是狡辩，任何情绪都是多余。

此刻我不敢想到祖辰，他的所有温柔霸道和从不遮掩的爱恨难过，仿佛都要被他妈妈刚才所做的总结裹挟涵盖而去。我没有办法去否定那些曾让我感到温暖和庆幸的事，我不想让这个重新令我相信和勇敢的支柱在我心中彻底崩塌。

不然我的世界还将剩下什么。

我立刻起身把所有能想到会有祖辰东西的地方全部搜寻一遍，一股脑儿全部塞进纸箱里，然后打开门窗让风肆意通过，并用清洁剂擦遍了他坐过躺过摸过用过的地方。最后我清洗了自己，筋疲力尽地坐在餐桌旁，几个纸箱子乱七八糟地堆在门厅中央，我知道自己又在自欺欺人想做出他从未来过的假象。我好容易下定决心在这里重新开始生活，我刚刚愿意相信自己拥有能够创造幸福的能力，难道我又错了？我又得搬离这里以免再次被另一个人留下的记忆包围？为什么你就不能安安分分地一个人生活呢鹿一冉？你这样一个根本没有能力不在乎的人，为什么不能让别人远离自己的领地不要留下印记？你根本就是不爱惜自己，刚才那个女人说得对。

祖辰回来了，带着浑身的酒气但看起来已经清醒了。他惊讶地看着门厅里胡乱扔在那里的自己的东西，绕过来小心翼翼地在我面前蹲下。他去抓我的手，被我躲开，于是他不知所措地搓着我的胳膊和双腿，好像有千言万语却堵在嘴边无法说出口。我闭着眼睛，不去看那会让我心软的眼神。

我想说你怎么才回来,开口却变成:"你走吧,从此我们不要再见面。"我起身走进卧室迅速反手关门上锁,却被祖辰一脚踹开。

"我知道我妈刚才来找你了,不管她说了什么,那都是胡扯,跟我一点关系都没有,你一句都不要听。"

他涨红了脸,声音因情绪激动而变了样。

"那个露台上坐在你身上的女孩是谁?"

他没想到这会是我接下来说出的话,气势减弱了一些。

"一个同学,喜欢我蛮久了,但我跟她没有任何瓜葛!"

"没有任何瓜葛的人,都可以如此亲密,我在那里简直就是个笑话。"

"我当时到处找不到你,又喝得昏天暗地,她说看见你了带我过去,然后稀里糊涂地就到了那里,就……"

"你看,喝醉了是多好用的借口。"

"鹿一冉,我对你是怎样的感情你不清楚吗?这么久了你今天第一次主动愿意陪我去见朋友,我高兴,我控制不了自己的高兴从来没喝过那么多酒。对,我是犯了错误,对不起,我保证以后不可能再有这样的情况发生,你可不可以原谅我,可不可以不要说不再见面这种话!"

"你母亲说得对,你根本没有长大,没有自制力,也不知道自己要什么!我们根本不是一个世界的人,就不应该有任何交集,我也没必要被你们这种人看不起,像我们这种人就该有自知之明,该有点儿自尊心,我满足不了你的占有欲,你不用再在我这里浪费时间。"

"我们哪种人?你又是哪种人?我一心一意就他妈爱你就想跟你在一起你不要再用各种理由各种借口来伤我的心了好吗?"

"但我不爱你。"

"你说什么?"

"我说祖辰我根本不爱你!从来没有爱过你!也压根不想跟你在一起!我只是拿你当救命稻草,只是一时好奇才跟你上床,我想知道跟比自己小的男孩谈恋爱是什么感觉,也看上了你家的钱你没看出来吧?我就是这种人,自私自利并且爱慕虚荣,你要感谢你母亲替你及时揭穿了我,不然我很快就会让你后悔!"

"你说这样的话有意思吗?你说这种我们俩根本都不相信的废话有意义吗!"

"你赶紧走好吗?我求你了你赶紧在我眼前消失。"

"我不走,我知道你现在伤心生气,但是……"

我一下子冲出去把大门打开,搬起纸箱用力甩了出去,里面的东西散落一地,难堪地躺在地面上。我想起那熟悉的画面,看着追出来的祖辰脸上痛苦的表情,感觉自己马上就要承受不了心中的摇摇欲坠。

"滚,你让我觉得累让我讨厌自己,我玩够了,腻了,你不要让我再见到你,你赶紧滚啊!"

"你别对我说这种话,你别这样对我……"

祖辰的声音开始颤抖,像呼吸快要停止了那样。我咬紧牙关用力一把将他推到门外,用力关上大门,然后跌坐在地,最后一丝力气我用来咬住自己的拳头控制再也无法忍住的哭声。千万别敲门啊祖辰,我怕自己会后悔的。

我坐在门后,靠在自己的膝盖上哭着哭着睡着了。被冷醒时,窗外的天还是黑的,我连忙爬起身打开门,却只看到空荡荡的走道在向两边蔓延。祖辰不见了,摔坏的纸箱和洒落一地的东西也不见了。凌晨4点钟,他们一起无声无息地消失在我的世界,没有任何蛛丝马迹能证明他来过。

8

"然后他就真的像人间蒸发了一样再也没出现过。"

孟噙咬着吸管,一动不动地听我讲完这个故事,杯子里的果汁依然还是刚才那么多。她顿了顿,靠回椅背上从烟盒里抽出香烟,想起室内不能吸就又塞了回去。

"鹿一冉你下手真狠,你都不会愧疚做噩梦吗。"

"会啊,我像被下了蛊似的持续梦见他,伤人比被伤害要可怕多了。"我看着对面不远处角落的那个双人座位。

"那段时间我每天都坐在这里,这是他以前经常带我来的咖啡店。有一次我抬起头看见他在那个位置上坐下了,强绷了那么长时间的精神一下就垮了,我急忙起身过去,才发现自己认错了人,"我无奈地笑笑,"打那天起我就经常出现幻觉,总觉得他坐在那儿,后来,我实在受不了这种折磨就出走了。"

"哦,你从那时候开始出门流浪的。"

"嗯。"

穆子维发微信来告诉我他到门口了,我招呼孟噙一起往外走。

"如果那时你真的见到他想对他说什么?"

她为我拉开厚重的铁框玻璃门。

"对不起吧。这句对不起成了我心里的魔障,除了这句话,我不知道还有权利对他说什么。"

说这句话的时候我和孟噙一起向等在路边的穆子维挥手微笑,无论多放不开过去,我们终究会明白打起精神面对现实才更重要。

送孟噙回到附近的设计师男朋友家,穆子维跟我说需要顺路先去一趟房屋中介,他说那套房子的老租客要续租,得去签一下合同。

"什么房子续租?"

"就是咱们以前住的后来我买下来第一次跟你求婚那套啊。"

所以是倪未央现在住的那套!

"你什么时候把那套房子租出去了?"

"已经租了两年了啊!一直都是现在这个租客,一对儿带着孩子的小夫妻,我告诉过你的啊!"

那么,如果这是真的,号称住在那里的倪未央,又是怎么回事?

Chapter 6

倪未央
NI WEI YANG

我看着面前浑身还透着一股学生气的小姑娘,干干净净的,根本无法对应她在我生活中扮演的角色。

1

我约倪未央见面,她倒是没有多问按时出现,看我挺着个大肚子倒是一点儿也不惊讶,还问我是不是快要生了。我看着面前浑身还透着一股学生气的小姑娘,干干净净的,根本无法对应她在我生活中扮演的角色。我的年纪甚至可以做她的妈妈,更别提比我还大8岁的穆子维。

"如果你想要知道的话,我和他已经分开了,在知道你怀孕了的时候。"

她的语气无比平静,听起来就像在说"那个东西坏了所以我不想要了"一样理所当然。

"为什么分开?"

"如果是我们之间,怎样都无所谓,但牵扯到孩子,那就不一样了。既然我不愿意要他的孩子,那当然应该退出。"

我心里咯噔一声,想起十几年前自己也说过类似的话。

"你和他,是怎么认识的?"

"我平时兼职做平面模特儿,有一次拍他们公司的产品,他也去了现场,就互相留了联系方式。"

"他……对你好吗?"

"他给我买东西,给我钱,还带我出去玩,这样算好吗?"

我不知道该怎么回答,而且脑海里不停浮现出另一个人的身影。

"你现在住在哪里?"

"他没有把我赶出来,所以我还住在你们那个公寓里。"

究竟是谁在撒谎。

"你爸爸妈妈呢?你这么小不回家住他们不管吗?"

"这就不用你操心了吧,如果没什么别的事,我先走了。"

她拿起旁边椅子上的双肩包挂在身上起身离开,我也没有多做挽留。透过落地窗看到她伸手打了一辆车,而另一辆原本停在路边的车紧跟在后面开了出去。我打开手机,实时位置共享上孟噙的头像正在缓缓移动着跟我拉开距离。

再次见到倪未央是大约两个小时之后,我按照孟噙发给我的地址和照片到了城南一片老旧的胡同区。坐在自家门口发呆的老人和正在用矮墙上搭着的简易篮球筐练习投球的小男孩,衬得面前这条小巷更加安宁,没有什么乱七八糟的加盖,也没有脏乱不堪的地面。石板路旁的房子大多经过翻修,普通的用水泥重新砌过,也有的围在雕梁画栋青砖红瓦的高墙里头。我按着照片上的门牌号找到了那扇漆成墨绿色的对开小门,上面斜着延伸出用灰色瓦片搭的屋檐。走上两级台阶,我按下了一旁白色的门铃,里面有一个男人应答的声音,紧接着是小跑而来的脚步声。

一个大约50多岁的男子打开门,用和善而探询的眼神看着我。

"您找哪位啊?"

"请问,倪未央住在这里吗?"

"哦,找央央啊,在,"他脸上露出笑容,对屋里喊着,"央央,有人找你啊!"然后对我说声"小心门槛",客气地把我让了进去。

这是一座三面平房的小四合院,院子里养着许多长势喜人的花花草草,显然是有人悉心照料。倪未央从正对着我的这间房子里掀开门帘走出来,看到是我,虽然极力保持着镇定但眼神还是慌乱了起来。男子看着遥相对立的我们,尴尬在原地,想说些什么,结果倪未央先开了口。

"爸你去忙吧,我来招呼她就好。"

男子应了一声走进左侧的房间,倪未央转身迈回屋里,我跟了进去。

"为什么要说谎?"我压低声音,看着坐在画板前继续拿起画笔涂涂抹抹的倪未央。

"你坐,"她随手一指斜前方的那把椅子,"其实我住在那儿的事你早该拆穿了才对,可见你和穆子维之间的沟通有多么糟糕。"

我打量着这间被当作客厅使用的屋子,里面的家具家电都显旧了,但也都不是便宜的货色。

"那天从医院出来你给我送回公寓,我在楼梯间等了俩小时生怕出来撞见你,回到家之后差点晕死过去。"

"你怎么瞒过家里人的?"

"说生理期呗,反正每次我也是疼得脸色煞白。"

"后来你告诉他了吗?"

"你告诉他了吗?"

她把眼神从画板上移过来看着我,我摇摇头,她笑笑,把画笔放进水桶。

"你真是个聪明的女人,或者我该说,你其实不太在乎?"

在这个小姑娘面前,我总觉得自己被她左右得毫无思考能力。

"这样无疾而终的感情,还让你自己受到了这样的伤害,到底图什么?"

"我是跟穆子维睡了,但那孩子不是他的,"她满意地看着我脸上的表情变化,"是我一个同学的,他没钱可以给我做手术,所以我才去找了你,我赌你会让这件事就此结束不会节外生枝。"

她笑起来眼睛弯弯的,总是一副无比淡然的样子。

"你和穆子维之间的事,为什么把我牵扯进去?"

"因为我想见你,不然你以为我为什么会去接近穆子维。"

一个看似呼之欲出的答案在我心中盘旋,却让我更加看不清这其中千丝万缕的联系。这时门外传来一个女人和一个孩子说话的声音,紧接着一个10岁左右的男孩跑进屋里,递给倪未央一包糖雪球。看到我,他收起脸上的笑容,好奇地看着我。

"小易去叫妈妈过来。"

男孩答应一声跑了出去,女人询问的声音传来,我的心跳开始加速。而倪未央打开纸袋,从里面拿出一个在白雪似的糖霜包裹下露出点点殷红的糖雪球递给我,我没有接,抬头看着她脸上氤氲着仿佛穿越时空的笑容。

"找我做什么?"

女人终于掀开门帘站在那里,面面相觑的时候我们看到彼此眼中逐渐荡起沉寂多年的波澜。

倪唐,我们又见面了。

那个叫小易的男孩跟爸爸出了门,剩下我们三个。院子里静悄悄的,偶尔传来几声鸟叫的声音。

"你也做妈妈了啊。"

倪唐看着我即将临盆的肚子,眼神里都是温柔的颜色。现在的她和从前比起来,身上多了些许烟火气,像是在上午九十点钟去超市会碰见的那种主妇,挑剔精明却恬淡柔软。

"那个男人,是你的丈夫吗?"

"对,"她脸上露出理所当然的笑容,"我们已经结婚15年了。"

15年?那岂不是几乎在我们最后一次见面不到一年之后,她就改嫁了?

"孩子,我是说,你那时肚子里的孩子,就是他的吗?"

倪唐没有说话,静静地看着我。

"那个孩子就是我,"一直在一旁画画的倪未央突然开口,"我是艾徊的女儿。"

我被自己的记忆和眼前的状况搞糊涂了,这么多年在偶尔想到当时倪唐告诉我的那个秘密时,心里都会隐隐地不安。在日本的时候听半泽和景子说只见过艾徊只身一人时,我还在想会不会是最终事情败露,他才一个人离开中国长居日本,现在看来,事情完全是另一番模样。

"怀孕8个月的时候我离开的艾徊,央央马上要出生了,我没有办法再欺骗下去。"

"既然孩子是他的,又谈什么欺骗?"

"一冉,我该怎么说你呢,如果你更像一个世俗的女孩子就好了,我一直在等着你把我告诉你的那个秘密跟艾徊说破,但最终你却彻底消失了。"

我觉得自己越来越听不懂她的话,只得皱着眉头听她层层揭开一切。

"我没有勇气在那样的情况下离开他,我以为你可以帮我一把,然后顺水推舟地承认,他一定不能忍受那种事情的发生,这样,我就可以毫无愧疚地离开。虽然孩子是他的没错,但是,我爱上了别人。"

在爱情里没有先来后到,只有不被爱的才是第三者。这句话时隔那么多年,又在我耳边响起。

"从相识到分开,8年,我和艾徊之间没有过爱情。从前觉得,爱情是什么,那不重要吧,和一个人彼此陪伴,结婚生子，安安生生地也就那么过了，直到你的出现，这绝对不是怪你的意思，"她下意识地摩挲着左手无名指的戒指，脸上出现的并不是哀怨悲伤的表情，"当然，要说那时不恨你那就是矫情了。"

"如果不是我，现在你们一家三口应该幸福地生活在一起才对。"

"谁知道呢，也许生活在一起，但幸福，不是靠看起来的完整衡量的。"

2

倪唐从我和艾徊第一次出去约会开始，就默默关注着我们的发展和他的变化。她选择沉默，觉得这是男人的一时兴起很快就会过去，没想，家里的气氛却越来越冷清。原本相敬如宾的日子即便平淡不语，但也是会有互相记挂的暖心，也许后来的日子表面看起来并没有什么变化，但她知道同样的沉默，之前视为默契，现在却变为了冷落。

男人的心是不是朝向你根本是无从遮掩的，他们的身体总是诚实地传达出喜恶的讯息，像是一个不可招安的背叛者，费尽心机地揭穿他们以为足够完美的谎言和伪装。

在艾徊与我越来越频繁的相会中，倪唐的身体彻底变成了一口枯井，本就屈指可数的房中之事，变成二人不去触碰的禁忌。艾徊没有骗我，而倪唐也骗不了自己，枕边人的荷尔蒙和梦境都带着另一个女子的印记,他在夜半呓语中念她的名字,翻过身用胳膊环抱着难以入眠的妻子,这是一个多么不可言说的玩笑。倪唐轻轻翻身过来蹭进自己丈夫的怀抱,久违的温柔和身体的寂寞令她体内蠢蠢欲动的嫉妒被唤醒,她轻轻蠕动着身体向下潜去,用无声的言语和艾徊的领地耳鬓厮磨,撩起充沛而饱满的欲望。久违了,她顾不上觉得黑暗中这样的隐忍和放肆透着心酸的难堪,翻身坐了上去,扮演着另一个人的角色和他的梦境平行驰骋,直到忘我地叫出声来。艾徊很快在剧烈的颤动中惊醒,他迅速打开床头灯不可思议地看着眼前的情景,倪唐并没有停下来,闭着眼睛双手抓住他的腰疯狂地撞击着彼此的身体,他坐起身来收起双臂用力控制住她的起伏,眼睛里满是震惊和难过。

从那天开始,他们频繁地做爱,倪唐用各种方式毫无预兆地索取。她会在艾徊洗澡的时候突然出现在浴室里,会走进书房默默抱住正在工作的他开始一颗颗解纽扣,晚饭时她周身只穿一条围裙坐在他的对面,盛着汤的同时不动声色地把脚蹭进他的裤腿……这样理所当然的要求令本就心怀愧疚的艾徊根本无法拒绝。每当他精疲力竭地结束一切,倪唐都会很快起身若无其事地继续完成之前手头在做的事,像花钱买春的嫖客,毫无留恋地发泄。

与此同时我却承受着艾徊不知所谓的改变,他像是报复一般地对我占有,而我在惶恐中与他战战兢兢的灵魂渐行渐远。也是那个时候,发生了我和倪唐的意外相遇和正式约见，她终于为自己积攒了足够多的冷静和底气与我对峙，堂而皇之却守口如瓶地向自己承受的背叛宣战。

那次跟我和祖辰意外的四人见面之后，他们便陷入了正式的冷战。

两个人谁也不愿开口挑明事情的前因后果，只是默默用一成不变的冷静对抗，期望对方一个不堪忍受的苗头便可顺理成章地爆发。

但，没有。

他们的心性在各自的隐忍挣扎中腐败变质，向外侵蚀扩散，却极力在彼此面前保持正常。我是艾徊那个毫不无辜的出口，而倪唐，也终于无法自持地迈出再也无法收回的一步。

我们原本干净不渝的信仰被绝望逼良为娼，身体力行地报复着痴心妄想的自己，在放纵后短暂的快感中逐步陷入深沉而持久的恐惧，心中生出自我厌恶，然后用很久的时间和可遇不可求的好的感情来洗刷和修复。

倪唐最后那次在陌生的床上跟陌生的男子从迷乱回到现实以后，觉得就快被自己逼疯了。她漫无目地走进一家餐厅，在午后一点的阳光下喝了第三杯威士忌。忽然听到有人叫自己的名字，但紧接着看到的那副面孔并不在日常的印象当中。

"真是的你啊，好久不见，我是李约啊。"

这个名字让她产生了短暂的大脑空白，面前这位男士再普通不过的装扮和并无特色的长相无法唤起她的记忆。

"不好意思,我还是没想起来,你是……"

"我是你的高中同学,总是坐你后面的那个,以前我不戴眼镜,"他顺手摘下鼻梁上的镜框,"想起来没?"

倪唐想起那个弱不禁风,跟自己说话总是脸红的男生,曾经好像还替别人给她转交过一封情书。

"其实那是我写的,"当他们坐在灯光明亮的餐厅一起吃晚饭的时候李约说,"我看到你那不屑一顾的样子就瞬间不敢承认了。"

两个许久没有联系的老同学搜索着断断续续的回忆开心地聊了许久,结束后过马路的时候李约自然地绕到了车子的一旁。这种不起眼的细节在此刻的倪唐心中投下了一颗石子,她问:"你太太好吗?"

"离了两年了,有一个儿子,跟我。"

这种在倪唐心中并非稀松平常的事被他说得如此坦然而轻快。

"你呢?"

"我挺好的。"

"那就好。"

李约打车先把她送回家,之后再往相反方向离开。她站在风里抬头看着面前这幢再熟悉不过的公寓楼,心中空得可怕。

之后他们又单独或和重新联系上的老同学一起出去了几次,吃饭聊天或者看电影K歌,倪唐觉得自打嫁给艾徊之后日渐封闭的世界仿佛被重新打开了一扇门,那里透出的光亮让自己渐渐从麻木中苏醒过来,她觉得自己变得真实而重要,不再是谁的太太、谁家的媳妇和隔壁那个女人。

"我是倪唐,"她对自己说,"我是被需要的。"

李约是一名研究所的职员,有时去大学给学生做专业讲座,朝九晚五,规律无比。周末的时候他会带着儿子叫倪唐一起去公园或游乐场玩,给他们一人买一只冰淇淋,然后坐在旁边微笑着看着他们一口口吃掉。4岁的小男孩很喜欢倪唐,玩累的时候常常在她怀里一会儿就睡着了,还紧紧握着她的手指。

"他妈很久没来看过他了。"李约的笑容里透出些无奈。

她有些心疼这个温和而耐心的男人,这是她许久以来第一次关注别人的感受。

倪唐开始在越来越多的时候想到李约,尤其是在她与艾彻沉默着共处一室的时候。周末的晚上他们按照惯例回倪唐的娘家吃饭,一如往常的样子。饭后倪唐在厨房洗干净碗筷,却迟迟没有回到客厅,那里艾彻在和她的父母有一搭没一搭地说着不痛不痒的日常。她靠在窗边发信息给李约,他很快回复,说自己刚哄睡了儿子准备上网看热播的电视剧。她不禁笑了笑,挤对他这是标准的家庭主妇模式。发出去之后就马上后悔了,哪个男人愿意被这么看待,何况这本来就是他生活的软肋。忐忑地等了有一阵子,看来对方果然是不高兴了,母亲叫她的名字问她这么久在做什么,倪唐赶忙回去坐到艾徆身边的唯一空位,他正在皱着眉头用手机回复一封邮件,仿佛已经不堪忍受面前无聊的电视剧和唠叨的闲话。手机响起,是李约回复的信息。他解释说刚才去冲了个澡,现在躺在沙发上安心追剧并拍了一张面前电视的照片。

回去的路上,她脑海中一直浮现那张照片中柔和的灯光和茶几上放的有些杂乱的零食和水果,她的家里四处都是整整齐齐有条不紊,艾徆从来无法忍受桌面上放着多余和无秩序的东西,家里的电视基本也只是摆设。倪唐突然意识到她从来没有在饭后窝在沙发上和自己的丈夫闲聊过或者随意地躺靠在他身上,艾徆从来都是端端正正的,从来不浪费时间在没有意义的闲事上。车里压抑的空气,和迟迟不来手机软件却提示早已结束许久的月事令她烦躁不已,她觉得自己就是他生活中最大的闲事,如果不能妥善地安置好自己越到显眼的位置,就是不识大体的麻烦。

倪唐转过脸去看着正在专心开车的艾徆,突然觉得他的鼻子长得很难看,艾徆快速瞟了她一眼便继续盯着前方的路没有说话。

"我可能怀孕了。"倪唐依然看着他说。

车子微微晃动了一下,艾徆不动声色地握稳方向盘。

"我跟你说话呢。"

"听见了,明天去检查过再说。"

她一时不知道怎么收回自己的目光,于是硬生生别过脸去按下副驾驶的车窗,冰冷的空气迅速涌进来压制住她躁动的心情,然而很快艾徊就用自己那边的总控把车窗关上并锁好。

"外面的空气那么差,脏东西全吹进来了。"

倪唐觉得自己受够了,她祈祷自己千万别是真的有了孩子,哪怕检查出来什么其他的疾病她都能接受。

然而生活往往是怕什么来什么,艾徊拿着化验结果向她走过去的时候,她甚至觉得那个表情像是要宣布一项进入晚期的不治之症。

"是怀孕了。"

他竟然露出一丝笑容,揽过她的肩膀,向医院外走去。

公历新年就要到了,虽然那一天的节日气氛远远赶不上之前的圣诞节和之后的春节,但也是一个值得庆贺的开始。医院门口有人在挂红灯笼,有急救车慌忙开进来还没停稳门就被打开抬下病人来。

走到车旁,艾徊为倪唐打开车门,她听见来自心底的嘲笑。以至于接下来的日子他对自己越好,就越感到凄凉,她宁可自己被无差别对待,也不愿在成为一个孕妇后受人施舍。

元旦前一天的晚饭后,倪唐坐在客厅和来看她的父母一起看综艺晚会,艾徊收拾停当后打了声招呼就进了书房,在自己家里的时候他果然无法忍受这样的场面,有权选择逃避。大约9点的时候,茶几上的平板电脑响起提示音,她看到我在厦门发给艾徊的那条短信:我愿意嫁给你,以这样的方式继续和你在一起。今晚12点之前,给我们一个新的开始。或者,各安天命。她就这样亮着屏幕和我一起等着艾徊的回应,直到她父母去客房休息了,他也没从书房出来。电视里的主持人开始倒数,倪唐盯着虚掩的书房门。整点到来的时候外面亮起了远处不知哪里放起的礼花,他打开门走出来,站到阳台看向窗外的忽明忽暗。她把一直沉默的平板电脑放到一旁,走到艾徊身边,对他说新年快乐。

3

"我以为一切终于过去了。"

四合院里的灯光亮起,男主人带着小易回来,手上拎着新鲜的蔬菜。他走进来邀请我留下吃晚饭,倪唐替我应承下来。倪未央早就离开了,房间里只剩下我们两个。

"我以为一切终于过去了,生活要继续,我们以孩子的名义继续维持这个家庭。然而不过就是三天后,他终于还是忍不住去接你。我在机场给了他一巴掌之后,就彻底死心了。"

"他就是李约吧。"我看向门口的方向。

"对。"她又露出笑容。

如果在提起一个人的时候总能露出笑容,那他该是多么美好的存在。

"我无法自己下定决心,所以去找你。后来我在想,如果不是自己那天一时冲动把你的东西全部扔出家门并且改了门锁密码,也许你会把这个秘密当作一个夺取艾徊的筹码。"

"我不会,也许我比你更早就决定要离开他,是你帮我下了那个决心。"

我们相视而笑,像是一场再平常不过的叙旧。

"小易是你们俩的孩子吧?"

"对,大儿子在外地上大学,3个孩子的关系都很好。"

"未央还是随了你的姓啊。"

"这是李约的意思,他本来要让央央保留她生父的姓氏,毕竟名字是艾彻早就起好的,但是我不愿意,就让她随了我。"

倪唐怀孕4个月的时候,检查出了孩子的性别。艾彻很快为她取了名字,因为他的父亲病重,已经转回了国内治疗,怕是等不到孩子的出生,所以希望心里留个念想。而那时艾彻和倪唐的关系,已经令彼此疲惫不堪,努力营造和谐美满对于已经被耗尽情感的两个人来说,比互相谩骂和争吵厌倦得更快。

对于倪唐而言,丈夫这个角色的意义早已不体现在艾彻身上,自第一次检查之后,他就再没有陪同她去过医院,也无暇关心她的身体和精神状况。尤其是在他的父亲因病回国之后,几乎所有精力都被尽孝床前和接手家族事务以及兼顾原有的工作事宜瓜分殆尽。为了不影响彼此完全不同步的作息,他已经搬去了客房,两人在家里几乎没有什么机会可以碰面,偶尔相遇在客厅和厨房得要打起精神刻意攀谈几句,不知该如何开始和结束的话题让彼此都盼望着对方能将那句分开的话说出口,可面对眼前一个生命即将消逝和另一个生命即将诞生的交替,谁都不愿成为那个雪上加霜的罪魁祸首。

世间故事没有那么多突如其来和考虑周全,我们都是普通人,一些不经意的温暖就足以随之动摇。没有真正处变不惊的人,看起来的风平浪静若不是难以持久的逞强,就是心中有了退路。倪唐在李约的守护下内心日渐安宁和强大,她曾经想过干脆不要这个孩子快刀斩乱麻地离开这段苟延残喘的婚姻,却被他安抚下来。

"这是你的孩子,为什么要因为已经无法改变的错误而连她一起失去?"

"带着她,我怎么继续以后的生活?这个无法抹去的印记会时刻提醒着我曾经历过怎样失败的感情,我没有办法重新开始。"

"她是你唯一值得保留下来的美好,她将为你证明曾经的那段人生没有被虚度和浪费。"

"谁会愿意接纳一个与过去纠缠不清的女人,我不想一个人、也不想跟现实妥协。"

"有我呢!只要你愿意,我会尽我最大的努力照顾你们。"

于是从那天起,倪唐不再害怕。人终究是需要一个依靠,无论男女,这让我们以平等的姿态与世界为伍。她和李约以一种奇妙的关系稳步共存,一起吃饭、看电影,一起购物、晒太阳,一起去做产检,参加幼儿园活动,他们像个准备迎接新生的一家三口,共同分享身边和肚子里的孩子健康成长的喜悦。

在变更艾徊家族股份的时候，倪唐坚持把自己摘了个干净，不再以这些虚无的联系和这个姓氏建立任何瓜葛。她对我说的那个谎言在心里无限扩散直到不断盼望着自己公公尽快死去，不然等到孩子降生一切都来不及了。这个谎言太脆弱，艾徊也许会相信并一定不会纠结，但不代表公公会在坚持那么久之后善罢甘休。于是她开始密切关心着公公的身体状况，时常挺着大肚子出现在医院，事无巨细地向医生询问治疗的方案和可能发生的一切状况。所有人看在眼里，都由衷赞赏这个比儿子还要孝顺的好儿媳，老爷子躺在病床上总是能看到守在一旁满眼焦急的倪唐，时常还用虚弱而断续的言语反过来安慰她。艾徊的心也在这样的情景中柔软了一些，他在某天早晨出门之前把婴儿房改造的方案打印出来放在了餐桌上，旁边放着一碗用玻璃罩扣着削好的水果。倪唐看了一眼像客户提案似的刻板而装帧精美的方案，和水果一起扔进垃圾桶。这么多年了，他总是忽略妻子从不吃苹果的事实。

怀孕8个月，即将临盆的焦虑令倪唐几乎无法入眠，李约在她心中的地位越稳固，越让她感到绝望。第二天她不得不一大早就到了医院，坐在硬撑着那口气想要等待孙女降生的公公床前，阳光充满这间条件优越的私人病房，监控机器时而发出的规律声响让气氛更加宁静。老人从睡梦中醒来，努力对她露出笑容。

"您很辛苦吧，爸爸。"

老人已没有力气开口说话,只是微微摇摇头,用期待的眼神看着她高高隆起的肚子,身上已然散发出腐败的气息。

她抚了抚肚子,轻轻握住老人的手。

"别这么为难自己。"

走廊里,医生护士急速赶来,想尽一切办法抢救着病床上心电图已经画出一道无休止的直线的老人,倪唐站在一旁看着已经乱作一团的一切死死捂住自己的嘴,眼泪止不住地涌出来。

"对不起。"

她站在艾徊身后,他长久地站在空荡荡的病床前一言不发一动不动。待他回过神来,转身轻轻把倪唐抱进怀里。

"谢谢你,让他在最后的时刻不是一个人。"

她痛苦地闭上眼睛,无法忘记老人最后看着她的眼神。

"从此之后你和孩子就是我仅有的家人了,我会用剩下的人生来好好弥补你们。"

倪唐靠在艾徊胸前,听着他在自己耳边说出这句并没有让她心里生出任何波澜的话。

"可是,"她仰起头来看着他的眼睛,"我肚子里的孩子不是你的。"

4

"不知道他现在想起我还会不会恨得咬牙切齿,"倪唐交叉着两只手抵住额头,"毕竟我对他父亲说了同样的话。"

我不打算安慰她,她值得背负着这样的内疚一辈子提醒自己保持善良。

"他现在应该也重新拥有自己的家庭了吧,希望孩子这件事,不要成为他心里的阴影,希望他过得幸福。"

倪未央掀开门帘,招呼我们去吃饭。

餐桌摆在露天的院子里,饭菜的香气飘散在傍晚安逸的空气中。我们在竹椅上坐下,李约从厨房端出一盆汤放在桌子中央,坐到倪唐身旁。我和这一家四口像熟识的老友一样话着家常,李约总是带着一副笑模样找着话题让气氛保持热络。收掉餐盘之后水果摆上来,没有当季的苹果。

"你和央央是怎么认识的啊?"

倪唐不知所谓地看向问出这句话的李约,又看向我。她一直以为我是来找她的,殊不知在今天之前我根本不知道还会见到她,也根本不想再见到她。正在剥橘子的倪未央顿了一下,她快速瞟了我一眼,又摆出那副漫不经心的样子。你还是害怕的吧小姑娘,如果你真的像看上去那样什么都满不在乎,从一开始就没有必要对我撒谎。

"她是我先生公司的模特儿。"

"模特儿?"倪唐看着倪未央,皱起眉头。

"哦,你别误会。我先生的公司是做服装的,之前跟他们学校做过一个合作拍摄,刚好是面对她们这个年龄层的产品。学校跟他推荐了未央做配合,后来有类似需求的时候就直接找了她,我们也就认识了。"

倪唐脸色有所缓和,却依然看着女儿追问。

"你为什么不告诉我?你还未成年,这种事情至少应该征得家长同意。"

"我说了你会让我去吗?你不是最不喜欢我在外面抛头露面吗?"

"我缺你什么了吗?好端端一个女孩子不用心学习净想些有的没的,将来自己没出息是指望我养你一辈子还是被男人养起来牵着鼻子走?"

"你这是跟孩子说什么呢。"李约终于沉不住气,用平和却强硬的语气阻止场面在我这个外人面前变得一发不可收拾。

怎样算被养起来?怎样算被牵着鼻子走?像我当年那样吗,还是像你自己那样?

"不过是正常的业余爱好罢了,哪个女孩子不希望自己漂漂亮亮地被人喜欢和关注,没你说得那么严重。要是死气沉沉地随遇而安,不会为自己做主那才麻烦呢。"

我微笑着迎上倪唐不可思议的眼神,倪未央用另一种不可思议的目光看着我。

"好了,这么晚了我就不打扰了,感谢招待,"我起身,向李约点头致意,"对了未央,我刚才已经通知公司让他们把最新拍摄的杂志明天送去学校了,希望对你的课外学分有帮助。"

她默默地跟在我身后和李约一起把我送到门口,倪唐依然坐在那里,李约跟我告别后很快离开。穆子维的车已经在巷口等我,看来他也不知道倪未央住在这里,坦然地下了车向这边张望。

"谢谢。"

我已经迈过门槛走出去两步,听到倪未央刻意压低的声音从身后传来。转过身,倪未央站在门内的阴影里,我发现自己一点儿也不讨厌她。

"告诉你一件事,也请转告你的妈妈。艾徊已经去世了,8年前,葬在北海道的一个小村庄。"

说完我挂断穆子维打来的电话挥挥手向他走去,并编辑了一条信息发送出去:我找到了艾徊的女儿。

5

几天后倪未央来找我,她知道那天穆子维要去出席这一季的新品发布活动,所以堂而皇之地出现在我家门口。她里里外外地打量着这栋3层高的小别墅,这是33岁那年穆子维送给我的生日礼物。他总是喜欢送我一些昂贵而显眼的东西,好让身边所有人都清楚我的不劳而获和养尊处优。我不太明白这是一种怎样的心态,是想让我感恩戴德或者证明他自己的心无旁骛?如果不是这个姑娘突然出现在我面前,作为一个丈夫他真是毫无破绽。

"你一定很满足吧?"倪未央也这么问我。

"为什么？"

"好像男人总是愿意为你付出，穆子维是，我爸也是。"

"你当初为什么想要见我？"

"好奇，"她一下子坐在我对面的沙发上，脱掉鞋子盘着腿身子向我倾过来，"我妈说你是个妖孽。"

说完她自己乐了，我也乐了。

"但她却说不恨你，还跟我讲你们以前的事儿，所以，我想看看不招人恨的妖孽是什么样。"

"你的方法也太迂回了，想见我何必要以自己为代价。"

"可能想报复你吧，"她的坦诚总会突然令我不适应，"毕竟是你拆散了我的家庭，所以，我也想试试能不能拆散你的。"

我不知道倪唐究竟跟她说了些什么，也不想让她知道拆散他们家庭的终究是谁。

"看来你不够努力啊。"我对她打趣。

"其实我挺努力的了，但穆子维就是不买账，他真是挺在乎你的。"

"你们不是也发生关系了吗？"

"有那么几次吧，"她嘴里嚼着桃子，拿起边几上装着我们婚纱照的相框，"但那都是他喝了酒之后肉碰肉而已，跟握手没什么区别，更何况都是我主动的。"

"发生了就是发生了，在什么样的状况下不重要。"

虽然知道他也会跟别人做爱这件事让我觉得厌恶，但却并不是难过和怨恨,就像在一场公平的竞赛中发现对手作弊一样,更多的是嫌弃对方没有职业道德。

倪未央竟然露出鄙视的表情。

"鹿一冉你都这把年纪了还没活明白呢,男人的大脑和身体是完全独立的两个部分,只要他脑子里装着那个独一无二的人,即便有时身体可能不听使唤了那也属于礼貌性的上床,属于社交的一部分,什么也说明不了。"

这都是些什么理论,如果这样那婚姻还有什么意义。

"倪唐为什么要跟你说我和艾徊的事?"

"我怎么知道,"她撇撇嘴继续啃着手上的桃子,"怎么说呢,我从来也不觉得她在把我当一个女儿养,特别像她的闺密什么的。可能这些事她也不能跟李约说,不能跟我姥姥姥爷说,更没法跟别人说,然后看见我就像看见了艾徊似的忍不住了呗,我简直就是她失败婚姻无法摆脱的证据,令她这辈子的人生都没法完全翻篇儿。"

我忽然觉得如果这孩子当初没有被留下来可能会好一些,打没出生开始她就背负着倪唐的怨恨和谎言的罪孽直到现在,她被自己的母亲当作报复和挣脱的工具却不自知,还企图用自己当作筹码来替母亲雪恨。我强忍着内心的愤怒没告诉她倪唐亲口向我供述的真相,我没法让她更加否定自己。

"艾徊去世的事儿,你告诉你妈了吗?"

"没有,她和李约的幸福都建立在曾经不幸的基础上了,如果让她知道过去不在了,心里那较劲的念想就落空了。她已经够可悲了,就别再落井下石了。"

倪未央说得对。如果倪唐知道自己一直幻想的希望落空，不幸的将是她现在的家庭。

"你做兼职，是需要钱吗？"

"算是吧。我妈不喜欢我花枝招展的，而且我家那条件你也看到了，我妈没工作，李约拿死工资，我哥、我和我弟都要上学，盼拆迁盼了多少年了也没盼来，靠他们我得什么时候才能买着自己喜欢的东西。"

她一定不知道自己的爷爷和父亲曾经拥有什么，而她现在理应在过怎样的生活。还好她没有比较，不知倪唐在这样的前后落差里有没有一丝后悔过。希望她现在拥有的是内心真正渴望的那种生活，希望她对幸福的定义不要因为现实的重量而改变。

"未央，你想不想去看看艾徊。"

听到这句话她笑了，把脚踩回地毯上双手撑着下巴看着我。

"鹿一冉你知道吗，有时候我真的觉得自己更像是你的孩子，你比我妈跟我默契多了。今天来，我就是想问你寒假能不能带我去日本。"

她看着我的眼神让我想起了艾徊。

"你这个样子可不行，"我看着她身上廉价而毫无搭配的衣服，和脚上那双看起来炫酷实则俗不可耐的鞋子，"你得变成艾徊女儿的样子。"

我打开衣帽间，看见倪未央眼中亮起本该就属于她的光彩。

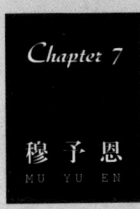

Chapter 7

穆子恩
MU YU EN

那婴孩停止了抽泣,用好奇的眼神看着我,我伸出双手,感觉那温度和重量一点点完全被我捧入怀中,眼泪一下子涌了出来。

1

我新书上市的消息，和祖辰要改编出演《丢失》的消息，一起被发布，大家也终于知道华年和鹿一冉本是一个人。孟噙开心地打电话来宣布了我的新书占据了所有畅销榜，和其他所有我写的书都统一署回本名再版印刷的好消息。而我也终于住进了医院待产，随时准备迎接穆予恩的到来。

起好这个名字的时候孟噙问我凭什么就断定自己会生个女孩，我反问她凭什么这个名字就不能用给一个男孩？她一时语塞之后数落我，明明可以知道性别，明明很多东西可以提前准备，为啥偏偏非矫情地要那个惊喜。

"生命本该就是未知的，为什么要违背自然法则？"

她一个大白眼翻过来继续喝我保温桶里的鸡汤。

前一阵拿到新书样书的时候我问孟噙，当年她是怎么在网上海量的文章中，找到从来没被推荐到任何一个网站首页的《子非鱼》。她怔了一下，继而打着缘分的招牌很快糊弄了我，但没有忘记自我欣赏了一番她那伯乐般的眼光。

此刻她在喝光了穆子维煲给我的鸡汤之后，又在病房里开了瓶啤酒，开始吃她号称带来看我的麻辣小龙虾。

"到底是什么人会带着啤酒和麻小来医院看望孕妇啊？"

"当然是亲密友人啊！"她用脚把垃圾桶勾过去并邀请我们一起吃，"今天下午祖辰团队邀请我去他们公司喝下午茶，我当然欣然前往啊！可谁知道他们的下午茶是喝红酒啊！老娘中午才爬起来，一口东西没吃坐下来就喝，哎哟我的个胃啊。要不是为了你，我才不遭这个罪呢。"

穆子维完全对不上号当初在KTV有一面之交的小子就是祖辰，所以孟噙在他面前才可以毫不避讳地大谈特谈。我看到了下午她发在朋友圈里5000多块一瓶的红酒照片，明明心里就乐上了天偏偏还要摆出一副舍生取义的状态。

"项目开始准备了？"

"对啊！一屋子人在替你打前站呢，祖辰对你这个贴心啊……"

我一卷卫生纸砸过去，明显她喝茫了的状态还没有缓过来，就又被续进去的啤酒给蒙住了。

"说什么呢你。"

"本来就是啊！哎不是我说啊，"她又把话头转向了在一旁给我削梨的穆子维，"要不是当初你让我去找鹿一冉帮她出书，她现在……"

说到这里，她自己停了下来，手上那只小龙虾刚刚剥了一半。我一时没反应过来，看着穆子维盯着孟噙变了脸色，这才又把刚才她说的那句话在脑海中回想了一遍。

"他找你帮我出书?"

我看着眼神一下子清醒了过来的孟噙,屋里的气氛再次陷入了我所熟悉的那种,该死的沉默。

这么久以来,唯一支撑着我的骄傲顷刻毁于一旦。无论我失去了什么,过着怎样的生活,只要想到至少我还能够依靠属于自己的部分被看见,被认可,就有了面对一切的勇气。那些用于同过去和解,对当下宽容,对未来不畏的力量统统来源于我对自己的信任,我在一个人的路上行走,没有依靠谁的施舍和帮助,我以为终于活出了自己的样子,能够站在平等甚至有利的位置掌控和选择命运。这个梦做得太长,以至于醒来之后我一时分不清究竟哪个当下才是梦境,如果眼前的这个场景才是我该面对的现实,那么这些年来我的理直气壮和自以为是岂不是成了他们眼中不可说破的玩笑?

"冉冉,事情不是你听到的这样……"

"对啊,即便当初有了那个开始,可如果你的作品不被大家喜欢也不会有后来啊……"

这样的话丝毫安慰不到我,我甚至开始怀疑之前发生的一切是否真实。艾徇,祖辰,倪未央……我是从什么时候开始走进穆子维的包围圈?究竟我这些年的生活哪些是他的设置,哪些是顺其自然?

"你,究竟想要什么?"

我脊背发凉,心中充满恐惧地看着他。那此刻眼中的焦急是什么意思?那伸过来的手是想做什么?我无法顺利移动自己的身体，只得尽可能向床的一角闪躲。

"冉冉，你这是干什么？"

他皱起眉头，语气开始变得强硬。我光着脚穿着病号服步步后退，一阵强烈的疼痛在身体里炸开，我以为自己要忍不住大叫起来，却眼前一黑不省人事。

2

我戴着呼吸面罩，在病床上睁开眼，病房里空无一人。我试图坐起来，却发现小腹撕裂般疼痛，那个圆滚滚的小山包已经恢复平坦，记忆一片空白。我想知道我的孩子在哪里，摘掉面罩向门外用力地喊着医生和护士，门被打开，走进来的那个人，却是艾徊。

他穿着浅灰色的毛衫，带着熟悉的微笑走到我的床边，样子一点儿也没改变。

"你，不是死了吗？"

"你看见了？"

"没有……"

"那就是了。"

"景子带你来的？"

"景子是谁？"

"她是……"我竟一时不知该如何解释，"那，这些年你都在哪儿？"

他不语。倪未央站在门口叫爸爸,她穿着我送她的衣服,脖子上是23岁生日那天艾徊亲手为我戴上的钻石项链。半泽走过去拉住她的手,他也看向我露出笑容,微微领首。

"谢谢你去一井泉看我,"艾徊把那幅我侧身背影的铅笔画放在床头的桌上,"谢谢你当时从我的身边逃走,却把未央送回来。"

他转身离开,任我如何询问挽留也没有停下脚步。祖辰和他擦身而过,站在门口远远地看我,我叫他的名字,他却站在原地无动于衷。孟噙把旅行箱送到他身边,递上护照和机票。

"你要去哪儿?你不是说等我把孩子生下来就要我陪你履行诺言吗?"

那条我亲手编织的手环还系在他腕上,他对我挥挥手,戴上墨镜压低帽檐从孟噙身后消失。

"孩子呢?"我盯着孟噙,生怕她也走掉,"穆子维呢?"

我的声音在空荡荡的病房里响起凄凉的回声,她摇摇头,说对不起。

"对不起是什么意思?你给我说清楚对不起是什么意思!"

我挣扎着下床,碰倒了床头的花瓶,花瓶碎了一地,我顾不得顺着腿侧流下的血扶着床沿蹒跚地向前移动。她迅速跑掉,待我追到门口只看到空荡荡的走廊。所有的灯都亮着,就是一个人都没有。身后突然有人叫妈妈,我猛地回过头，一个五六岁的小姑娘穿着玫红色的绸缎布鞋站在穆子维身边。

"她是谁？"

"你自己的孩子都不认识了吗？"

"她是我的孩子？怎么可能？"我简直要疯了。

"妈妈我是景子啊。"

我顺着门框一下子滑坐下去，穆子维充满悲伤地看着我。

"你醒醒吧冉冉，我求你别再逃避了，别再伤害自己。"

医生和护士推着担架车从我身后急匆匆跑来，我看到自己两个手臂上那几条触目惊心的伤疤，突然意识到什么赶忙爬进屋里死死关上房门慌乱地上了锁。我掀开自己的衣服，把被鲜血洇红的纱布撕开，一道重新迸裂的伤口横在肚子中央，并不整齐的切口扭曲地蜿蜒，我仿佛看到了浴缸边跳动的烛光，和镜子里一丝不挂的自己。血在温水中平缓地涌出，将一池水渐渐染红。我听到有撞门的声音传来，模糊中闭上沉重的双眼，意识就此消失。

黑暗中眼前被白花花的灯光照亮，有戴着口罩的护士和医生在快速地说些什么，我的身体飘在空中跟随着他们的脚步向前移动。我看见了穆子维的脸，他怎么老了，是妈妈在哭吗？妈妈您这是怎么了？

当一口气长长地呼出我的身体，我闻到了熟悉的香气，是春兰吗？睁开眼睛，脑子里一片混沌，我好像睡了很久，而且做了一个繁复冗长的怪梦。

妈妈坐在床边看着我,眼神里带着担心和不确定,我移过手去像小时候一样握住她的食指,叫了一声:"妈。"她这才松了一口气,露出放心的笑容。

"妈,我想喝水。"

"你现在还不能喝水,忍忍啊。"她拿沾湿的棉签轻擦我的嘴唇。

肚子上的伤口隐隐作痛,我不敢看盖在被子里的双臂。

"其他人呢?"

"折腾了一晚上,我让他们先去休息了。"

"景子呢?"

"景子?你是想问孩子吧?在另一间病房。"

"她怎么了?"我的心一下子提上嗓子眼。

"别担心,就是身子比较弱,有护士照看着。"

床头放着一盆系着淡蓝色蝴蝶结的兰花,旁边的相框里是那张我的铅笔画像。

"他真的来了……"我转头看着画的角落上那个小小的"冉"字自言自语。

"对,和一个十几岁的小姑娘一起来的。"

"您也看到他了?"

"对啊。"

"那他们现在去哪儿了?"

"你这孩子,我怎么知道。不过听他们说好像明天要回日本,有很多东西需要准备,所以先离开了。"

护士进来换了一瓶点滴,我觉得很虚弱,忍不住闭上眼睛。

"再睡会儿吧,"妈妈抚了抚我的额头,"天很快就亮了。"

半梦半醒的时候,我想起自己第一本书写在扉页上的话,字字句句无比清晰地出现在脑海当中:

> 根本没有什么奇幻故事,
> 说来不过是相遇或别离。
> 那些讲给别人听的嬉笑怒骂,
> 是纪念曾经用力爱过放肆痛过的墓志铭。
> 若终是一别,
> 总不该落得冷冷清清。

3

婴儿的啼哭声把我唤醒时已是天光大亮,床前站得满满当当,都带着欣喜的笑脸围着穆子维笨拙地抱在怀中的婴儿。我挣扎着坐起来,不知该如何理解面前的场景。他们见我醒来,都过来靠近我的身旁,穆子维把手里柔软的婴孩小心翼翼地凑到我面前,用温柔的语气轻声说:"予恩,看,妈妈。"

那婴孩停止了抽泣,用好奇的眼神看着我,我伸出双手，感觉那温度和重量一点点完全被我捧入怀中，眼泪一下子涌了出来。

"瞧，这闺女，还是跟妈亲。"

爸爸在一旁合不拢嘴地看着我们，妈妈端来一杯水把吸管插在里面递到我嘴边。

"好了好了不要酸溜溜的，你出去出去，让孩子赶紧吃口奶。"

爸爸偷偷问一直站在床尾那边的孟噙要了支烟欢天喜地地出去了，我有些不适应地在这么多人面前解开衣扣，用手撑着予恩巴掌大的小脑袋，看着她很快找到了自己的食物满意地含在口中吮吸着，一种奇妙的感觉袭遍全身，我像是从来没有像现在这般真实地活过。

病房里静悄悄的，每个人都专注地看着这个小小的生命露出不自知的笑容。我看见自己挽起的衣袖下托着孩子的双臂平整完好，上面贴着刚输完液留下的胶布条。

敲门声响起时，穆子维迅速起身轻声小跑过去，小丫头在我一直不肯松开的怀抱中睡着了。半泽擎着一只看上去柔软无比的小熊笑容灿烂地跟我挥着手走来，我有些僵硬地扬扬嘴角算是回应，他根本没有在意这点，被穆予恩吸引了全部注意力。

"辛苦你了，"他说，"之前来的时候你麻药还没醒，好久不见啊！"

"你一个人吗？"

穆子维从我手中接过孩子。

"当然不是。"

说着门口就传来脚步声,倪未央表情夸张地跑进来,略过我直接跑到穆子维面前,轻轻地去摸他怀中孩子的小手,我看见惊讶和慌乱的表情在他脸上快速出现又快速被压制,心中响起一声轻笑。

"子维,这是艾徊的女儿倪未央。"

"艾未央!我身份证都改好了。"

她扬起手配合地说"嗨",像初次见面一样,和我一起用有些期待的眼神看着穆子维。而他只是用力地笑着,一句话也说不出来。

我们四个人站在病房中,各自心照不宣地匿去现实的荒唐,相信这就是对方一无所知的太平盛世。

半泽去见了倪唐,以律师的身份。他说艾徊因为事务繁忙不便回国,所以希望她允许自己把未央带去日本过寒假。

"他什么都知道了,"半泽放下一张写着艾徊和未央名字的亲子鉴定证明,"他希望给未央一个选择的权利。"

倪唐用压抑已久的泪水迎来了迟到16年的回应。

"他们一家人现在生活得很幸福,他也从来没有责怪您。"

在从倪唐家里出来那天,我把未央的消息告诉了半泽。他开心地几乎把手机掉进拉面锅里,他一直以为艾徊已经没有亲人还在世间,这个孩子的存在无形中化解了穆子维在他心中留下的怨念,仿佛所有堆积的情感有了回报的希望。

"景子呢？她好吗？"我有些顾忌地问。

"很好，"半泽拿出手机给我看，照片上他和景子穿着传统服装站在樱花树下，育树先生身体挺得直直地坐在他们中间，"我们订婚了。"

他害羞地搓着手，脸上洋溢着释然的幸福。

"景子因为要帮父亲照看家里的生意所以没能来看你，她要我带话来，说明年樱花开的时候请你和家人一定要去一井泉做客。"

"好。"

这是我接受过的最令人感动的邀请，我总算为爱过的人做了一件好事。

"这次来，还有一件重要的事，"半泽突然严肃起来，从包里掏出了一个大牛皮纸信封，"这是艾彻留下的遗嘱，来之前景子交给我的。她从来没有跟我提过这件事，是当初在艾彻遗物中找到的，一直被她私藏了起来，真的非常抱歉！"

"鹿一冉，我爸还是最爱你，他把所有家当都留给你了。"

展开信纸，上面用中文字字句句写得一清二楚，由半泽明悟先生代为处理相关事宜，将所有遗产留给鹿一冉女士，落款日期是他出事的前两天。

"过几天他的律师会到中国来跟你核对身份，办移交程序。这样的话，后续将会有很多决定需要你费心处理。当然，除了一井泉还在经营之外，剩下的就是些房屋和存款了，也不会太麻烦。"

穆子维的脸色变得很难看，他怎么也不会想到辛辛苦苦这些年费心为我营造的一切，瞬间被艾徊不费吹灰之力地打败。他给我的房子、车子、首饰和全部令他自豪的生活，远不及这张纸上的一个数字。

"啧啧啧，"未央趴在我肩膀上看着信里的内容，"以后就靠你养着我了啊富婆！"

他们走后，妈妈和护士也来接走了孩子，房间里只剩下我和穆子维两个人。他坐在那里很久都没有说话，我就静静地等他开口，我们之间，应该有很多话要说。

"你准备接受吗？"

他用期盼的眼神看着我。

"为什么不。"

那眼神暗了下去。

"你应该把那些还给他的家人。"

"谁是他的家人？倪唐？她是别人家的媳妇。"

"那未央呢？"

"你可真为她着想。"

我意味深长地看着他，他躲开了我的眼神。

"你很需要这些吗，我给你的还不够吗？"

"对哦，我都忘了连自己的人生都是你替我规划的。如果没你，说不定我还在哪儿流浪呢，或者回到家乡嫁人生子再也不会回来。"

"这就是我所害怕的,"他顿了顿,"这就是我当时让孟噙找你的原因,我知道除了给你一个心甘情愿接受的理由,谁也没法让你回来,我不能还没准备好把你赢回来的筹码,就把你丢了。"

"你需要赢回什么?"

"如果当初不是因为我没本事,你怎么会那么决绝地离开去跟艾徊在一起?那时候我根本没有资格去把你抢回来,他所给你的一切我一样都给不了!"

我快被自己的绝望吞噬。

"穆子维,请你醒醒,请你讲点道理,当初我是因为你没本事而离开你的吗?是我想要离开你的吗?"

"可是如果当时我有能力,就不会失去你和孩子。现在我好不容易重新拥有了一切,他又他妈出现了!他死了都不肯放过我们吗!"

他的声音把整个病房震得嗡嗡作响,眼睛被愤怒烧得通红。

"是你不肯放过你自己。"

我觉得他病了,从很早以前就病了,而我不过是他治愈自己的药方。我在他近乎完美的呵护下生长,在他需要的时候提供补给缺失的养料。他用自己的整个人生来弥补曾经犯下的错误,甚至是上一代留下的遗憾,而我偏偏曾经企图牺牲自己一生做母亲的资格来给他惩罚。像我们这样的人究竟有什么资格拥有自己的孩子?我们能用自己的人生给予她些什么?

"这样,够了吧,"我看着把头深深埋在胸前的穆子维,"我们放过彼此也放过自己吧。"

他抬起头迎上我的目光,用柔和而冰冷的声音对我说:

"鹿一冉,这辈子无论用什么方式,我都会把你留在身边。"

可是,一具被掏空的躯壳还能给你什么。

出院那天,我抱着穆予恩,站在冬日的阳光里,用一只手为她遮着眼睛。她看着投在眼前的阴影,挥动着小手,好像想要跟我交流些什么。穆子维一如既往地对我和爸妈照顾周全,像那天的对话完全没有发生过,也从不理会我总是欲言又止的样子,杜绝将话题引入边缘的任何可能。他请了个职业经理人替他打理公司的事务,全心投入到家庭当中,每天悉心照料着我和孩子的饮食起居,爸妈看在眼里直夸自己的女儿好福气。

许多家庭的难处也就是在这样的日常中被悄悄掩埋的吧,谁也不忍心打扰一个用尽全力被粉饰的安宁,我看着穆子维努力把真实的自己揉成一团闭着眼睛塞进角落的模样,心中即便有再多的不情愿也只得相形见绌地抛开。多少心中怀有远方的人,就这样陷入琐碎的生活再无出头之日。

满月的时候,孟噙来家里看我。穆子维正陪着孩子睡午觉,我躺在院子里的花架下晒太阳。

"不办满月酒吗?"

"办来做什么?本来是属于孩子的日子,可她根本不明白也记不住这样的庆祝,只是让大人们找借口喝醉,最后连干什么来都忘了。"

"你这样会没朋友的。"她笑。

"这样的朋友,要不要也没所谓。"

"你还在生我气吗?"

"我为什么要生你的气?我还应该感谢你啊。"

"何必这样说话。"

"你不要按自己的理解听我说的话,我的话就是我表达的那个意思。如果不是你找我回来,我也许不会有机会再和那些人重逢,也许就一辈子活在自怨自艾的回忆里,哪来现在这样的心安理得。"

"如果你真能这么想,真是再好不过……"

4

孟噙和穆子维小时候是一个院子长大的,彼此的母亲是一个单位的职工,偶尔在她们共同倒班的时候搭伙在院子门口的小店吃饭。他们的记忆中都没有父亲这个角色,这在那个年代不是普遍的家庭状况,所以彼此有惺惺相惜的情愫。但是他们又不一样,孟噙的父亲是在工作中意外去世了,而穆子维的父亲是跟别人生活在了一起。这对于孩子来说，周围人有着天差地别的对待方式，他们不懂那是什么，但是他们会潜移默化地生长成不同的样子。

长大了一些，穆子维开始渐渐懂得人们背后的议论并默默记恨自己的父亲。他的落拓令他没办法维护这个家庭，且并不因此而内疚，反而抛妻弃子地跟一个来路不明的外地女人不明不白地生活在一起。

他不再接受父亲的探视和带来的任何东西，并叫嚷着自己不再认他这个父亲让他彻底远离自己的生活。于是他们真的没有再见过面，直到一年之后那个冬天的晚上。

2月14日那天，漫天大雪。10来岁的穆子维在学校跟同学打了一架之后，没有上最后一节自习课，一瘸一拐地往家走。他缩紧脖子想着该怎么跟母亲说老师明天要请她去学校的事，也许是要商量赔给对方骨折的医药费也说不定。那时过情人节刚刚兴起，还没有铺天盖地的玫瑰花和商家促销，收到礼物是无比稀罕的事，看着身边有情侣互相依偎着走过，女人开心地掰了一块巧克力塞进嘴里。他想，也许这样能讨好一直孤身一人的妈妈，因此而不去责罚他。于是他走进商店，想用第二天的饭钱买一块巧克力，却连最便宜的那种也不足以支付。正当他灰心丧气准备失望地离开时，发现了另外一侧柜台上摆放的一把玫瑰花，是用红色的皱纹纸做的。他低着头怯生生地问售货员可不可以用那点钱卖给他一枝，年轻的小姑娘调皮地问他要送给谁，他回答要送给妈妈。于是售货员抽出了一枝免费送给他，他不敢相信地抬起头觉得这枝花一定能给他带来好运。一路上，他把花护在胸前，生怕被雪花打湿，又怕被衣服压坏。到家楼下的时候小手冻得红通通的，他却兴奋地三两步跑上楼，几乎忘了身上的伤痛和可能面临的责罚。

打开门，屋里没有开灯，在雪天的傍晚更是黑得彻底。卧室的门虚掩着，他以为母亲下了夜班在休息，于是轻手轻脚地走过去，看到的却是他不知该如何理解却足以感到羞愤的画面。母亲慌忙把还愣在她身上的男人推到一边，胡乱抓起散落在地上的外衣迅速把自己裹了起来。屋子里散发出蜂窝煤炉子混杂着暧昧不明的气味，母亲用手使劲扭过一直盯着那男人的穆子维，把他推出房门，她涨红着脸用欲盖弥彰的严厉语气责问儿子为什么不在学校上课。还没从震惊中彻底缓过神的孩子用力推了母亲一把，拼命跑出房门冲进大雪，直到跑出去很远才发现手里还擎着那枝已经变形的玫瑰花。他用力把花扔在地上用脚反复踩踏碾碎，脸上的泪水在干得起了皮的小脸上留下一道道痕迹。孟噙牵着妈妈的手从他身边的糕饼店出来，看到站在风雪中的穆子维便问他要不要一起吃晚饭，孟妈妈做了他们最爱吃的红烧肉。他一言不发地跑远，跌跌撞撞，几次险些滑倒在雪地中。

"他鬼使神差地跑去找自己的父亲，那人正就着炉子喝烫在大搪瓷缸里的劣质白酒，屋子里乱七八糟的，那个外地女人已经不生活在那里了。我们回家的时候听见穆妈妈撕心裂肺的哭声从窗户传出来,当天晚上我妈去给她家送红烧肉的时候发现她自杀了,于是赶紧叫人帮忙送到医院,"孟噙向抱着刚睡醒的穆予恩朝我们走来的穆子维招招手,"从那天起,他的心里就再也没有家人的存在。"

穆子维的父亲拿出白酒瓶,用那个缸子给他煮了一碗挂面。他听完儿子刚才混乱的叙述,就一直沉默着。待缓过神的孩子狼吞虎咽地吃完那碗清汤寡水的面条,他毫不考虑他是否能够理解就直截了当地脱口而出:

"你妈和那个男人在你出生后不久就有事儿了,那男人有家有孩子,是你妈主动贴上去的。他长得好,又有钱,能给你妈买新衣服。"

他对着瓶子喝了一大口酒。

"你妈就是个贱货,明知道人家不可能要她还死等着,她还觉得自己特别伟大,能为了真爱牺牲,真爱个屁!所以,你说我还能跟她过吗?你记住臭小子,不是你爹我毁了这个家,是你妈不要脸!"

"你才不要脸!"穆子维把还带着汤的缸子砸向父亲,"要不是你没本事,我妈怎么会跟别人!"

他不知道自己还能去哪儿,但依然头也不回地再次冲出门去。没人知道那天晚上他是怎么过的,第二天当他回到家被邻居带去医院,看到自己躺在病床上的母亲,一夜间老了好几岁。他看着母亲包裹着纱布的手腕放声大哭,从此再也不跟院子里的任何人说话,包括曾经唯一的朋友孟噙。

5

我从穆子维手里接过满月的小寿星,她看着我笑,小腿一蹬一蹬的。

"你看,这姑娘从小就爱憎分明,看见她妈就笑,跟我就怎么伺候都不满意。"

穆子维嘴里这么说着,却明明一副心满意足的样子。最近专心当奶爸的日子让他胖了不少,他说养姑娘是福,要一辈子在身边保护她。

"等她长大了有了心爱的人哪还会理你这个糟老头子。"

孟噙掏出厚厚的大红包在穆予恩面前晃着逗她,她却看向了椅子上半泽送的那只一直陪她睡觉的小熊。

"确实,越有什么越看不起什么。"孟阿姨悻悻地把红包扔在一边桌子上,"艾徊的律师来找过你了吧?当土豪的感觉爽吗?"

穆子维刚进屋,她就提起这事。

"我把所有财产都转给未央了,大学毕业之前由我为她分配用途,之后,就由她自己全权处理。"

"啧啧,22 岁的富婆啊,她会迷失方向的。"

"我们这样苦哈哈的就没有迷失方向吗?"

孟噙大笑。

"祖辰开始跟我倒计时了,你打算什么时候开始工作?"

"已经开始了。让他再等20天,我会把第一稿剧本亲自给他送过去。"

Chapter 8

后　来
HOU　LAI

所有的出走都是为了坦然地归来，我们终究是需要安定的动物，路上的怦然心动总是需要以大段的寂寞和跋涉为代价才能遇见，那不是人生常态。

一个字也没改。

当我在半年之后终于不情愿地交出了《丢失》的第9稿剧本,祖辰二话不说就分发下去准备奔赴景地开机。

其实我纠结了那么久,改来改去的无非是最后几千字的结局,我在脑海中一遍遍演绎着故事,想着要用一个怎样的结点来让观众可以预见他们影片之外注定幸福的未来。

"公主和王子终于幸福地生活在了一起之后,说不定因为俩人不喜欢吃同一样东西就觉得彼此不适合很快分开了呢,所以你那个注定没有意义。"

在飞往英国的飞机上,祖辰裹着厚厚的毯子躺在座位上只露出一对眼睛对我说。我没理他,继续对着电脑屏幕字斟句酌地修改着男主角最后一句台词。

"你能不能睡一会儿,"他伸手合上了笔记本的盖子,"我们好容易又有机会睡在一起你能不能好好珍惜一下。"

我拿眼睛斜他,他笑嘻嘻地看着我,像我们从来都没有长大变老过。英国是祖辰毕业后生活多年的地方,他说要带我去看之前租住的那间公寓,因为直到搬离的那天他才知道房东是 coldplay 乐队主唱的奶奶。

"你们家没在英国给你买套房子啊,竟然让你寄人篱下。"

"大学毕业之后我就没再用过家里一分钱,有段时间他们根本不知道我在哪儿。我给华人餐厅打工,洗盘子送外卖,和同学一起从国内成箱地倒腾万宝路过来,一盒能赚一条的钱,所以生活也是相当滋润的。"

"啧啧,警察怎么没把你抓起来?"

"我的地址写的是邻居家,"他有些得意又不好意思地说,"后来警察找上门了,我不就赶紧搬走了嘛。"

"那你干吗还回来?一个人自给自足的多自由。"

"那你怎么后来不走了,又给自己关回屋里?"

我不再说话,摁灭了一旁的小台灯翻身看着窗外。所有的出走都是为了坦然地归来,我们终究是需要安定的动物,路上的怦然心动总是需要以大段的寂寞和跋涉为代价才能遇见,那不是人生常态。

但我们依然在心动时迷失自己,所有的悲情主义和浪漫细胞都被那未知的结局撩动得无限膨胀。

我终于在拍摄开始的一个月后,彻底搁浅了和穆予恩从每天几次到几天也没有一次的视频通话,我在异国他乡这个被灯光、美术和台词营造的虚幻时空里,沉浸于另外一个自己不愿醒来,母亲这个角色无疑是将我打回现实最致命的武器。

白天我坐在周围都暗着的监视器前,看着屏幕里的祖辰变回当年的模样。换场的时候他都会坐在我的身旁,跟我对戏里的台词或者毫无预兆地睡去。收工之后如果不晚,他就会换身舒服的衣服带我在这座城市里游走,在这里没有什么人认识他,所以他可以自如地在小馆子里喝啤酒或者背着我在街上闲晃。我有些恨自己已年近不惑,无法再成为白天片场女主角的那个样子,扬着一张年轻的肆无忌惮的脸跟他谈情说爱,我只能躲在黑夜里默默地在他身边,走过一个个陌生的地方温习我曾经错过的他的生活。

"当时我几乎每天放工的路上都在想,要是你在就好了。"

我们拿着罐装啤酒,坐在泰晤士河边,眼前的伦敦塔桥散发着柔和的灯光静静守护着夜晚。

"后来我后悔了很久,为什么当时自己没有勇气带着你离开,反而自己逃跑了,"祖辰看着远处笑了笑,喝光了瓶子里的最后一口啤酒,"你是不会跟我走的对吧?"

我该怎么回答?会或者不会,都是被十几年后的我说出口的,没有任何意义。

他站起身,拉着我的手慢慢踱回酒店,在我的房间门口跟我挥手告别。毕竟我们是因为工作才来到了这里,我们该遵守最起码的规则。

穆子维发来穆予恩的小视频,她躺在床上,抱着那只已经被她咬坏过一次的小熊含混不清地叫妈妈。我躺在睡了一个月却依然感觉陌生的双人床上,一遍一遍看着,我就这样错过了女儿第一次叫妈妈的时刻。

第二天,网上铺天盖地地登出了祖辰在伦敦夜色下拉着我手的照片,我被孟噙的电话吵醒,她语气里带着明显的不满问我发生了什么。

"什么也没发生,我们就一起喝了杯酒,他拉我过马路而已。"

"是怕你凌晨12点被川流不息的车撞死吗?"

我不知道该说什么。

"鹿一冉,你已经是孩子的妈了,就不能安分一点儿?"

"我知道我是谁,不用你提醒我。"

"这样最好。即便你不考虑自己,也要考虑一下祖辰,你难道准备再祸害他一次?"

我心里一紧,挂断了电话打开电脑上网查看事情发展到了什么地步。他本来就是被精心包装被毫无保留推到人前的公众人物,而我这个程咬金的前半生几乎变成透明的,原封不动甚至添油加醋地以各种各样的方式迅速被扩散出去,还好没有牵连我的家人。想到这里我赶忙拨通了穆子维的电话,他很快接起来,说是在带女儿散步。

"我都知道了,一大早我的手机就快被信息塞爆了,"他竟然笑了笑,"没事儿,事情很快就会过去的,哪个剧组不炒作啊。"

他已经为我找好了借口。

"你别担心,放松心态,爸爸妈妈那边我会去解释。"

结婚那么多年,我第一次觉得有他在身边是一件无比幸运的事。电话里传来叫妈妈的声音,穆予恩貌似是凑到了手机旁边,嘴贴着话筒很近。我捂着嘴害怕自己哭出声来,电话那边的世界让我觉得遥不可及。那种切于身体发肤的柔软令我觉得战战兢兢,那是我承受不起的美好,如果我不去靠近,是不是就不会失去。

开工的时候没有人提起这件事,祖辰泰然自若地跟我坐在一起吃早餐,一如既往地抱怨英国食物的单调。

"你不担心吗?"

"担心什么?"

"不该担心什么吗?"

"没什么可担心的,"他放下叉子,拿起茶壶把杯子填满,"倒是你,会不会害怕?"

他的眼神里不是关切,而是充满了挑衅。我的好胜心又开始作祟,鼓动自己接受这场挑战。在那句话脱口而出之前,副导演及时把祖辰叫去了现场,我的脑袋嗡嗡作响,所有的血液奔涌汇聚在这里又急速退去。

手机振动,孟嚯发来信息。

"我已经拉下老脸找了我的前夫在努力帮你删帖控制舆论走向,你什么都不要说,最好压根就别上网。"

我顺从地说好。

"还有,"她听起来走进一间房子关上门,"照片是祖辰找人拍完发出来的,你自己心里有点数。"

我起身走出摄影棚，餐车里传出烘焙的香味。

你到底想要怎样呢祖辰？我漫无目的地向前走，他那辆房车的司机看见我走近微笑着帮我打开门，我也就机械地走了进去。他几乎不进来这里，休息的时候也待在片场或者站在户外和工作人员一起晒太阳，他说想要休息何必选择开工，既然在这里就应该全身心地投入和感受。早晨他在这里换衣服的时候，把外套随手搭在了椅背上，我走过不小心把它碰到了地上，捡起来的时候他的钱包从口袋里掉出来弹开，露出了放在里面的那张照片。画面都晕开褪色了，几乎已经无法识别人脸。海边的沙滩上夕阳西下，他看着我，我看着远方。

事件很快被更大的新闻平息，我不再单独与他出门，数着回国的日期。半个月后，英国的戏份杀青，所有的演职人员终于暂时放松下来个个喝得乱七八糟，大部队慢慢分散成一个个小团体从餐厅消失，我和祖辰两人坐在最中央的那张大桌旁，疲惫得一塌糊涂。

"看别人喝酒比自己喝还崩溃，"他说，"你没事儿吧？"

"我几乎没喝，太多人需要跟太多人喝了，哪里顾得上我。你呢？好像应付了不少。"

"太多人需要把自己喝醉了根本顾不上看我到底喝没喝，所以我也OK。"

我们起身，隔着一段微妙的距离，唯一保持清醒的司机在门口等着他，我们并排坐上后座。

"最后一晚了,"他看着窗外,"再来还不知道是什么时候。"

我也看着另一侧的窗外。

"你知道为什么回国之后我还是做了这一行吗?"

我等着他自己说下去。

"因为这样可以在很多时候不做自己。"

车上的收音机传出 coldplay 的《Don't panic》,我们陷入彻底的沉默。

> Bones, sinking like stones,
> 沉如磐石,无声无息,
> All that we fought for,
> 生若浮萍,疲于息栖,
> Homes, places we've grown,
> 长我育我,青苔软泥,
> All of us are done for.
> 润我之土,愈之我疾。
> And we live in a beautiful world,
> 美哉美哉,石流山脊,
> Yeah we do, yeah we do,
> 叹哉叹哉,便是已矣,
> We live in a beautiful world.
> 悠哉悠哉,我身所及。

Bones, sinking like stones,

沉如磐石，无声无息，

All that we fought for,

生若浮萍，疲于息栖，

Homes, places we've grown,

长我育我，青荇软泥，

All of us are done for.

润我之土，愈之我疾。

And we live in a beautiful world,

美哉美哉，石流山脊，

Yeah we do, yeah we do,

叹哉叹哉，便是已矣，

We live in a beautiful world.

悠哉悠哉，我身所及。

And we live in a beautiful world,

美哉美哉，石流山脊，

Yeah we do, yeah we do,

叹哉叹哉，便是已矣，

We live in a beautiful world.

悠哉悠哉，我身所及。

Oh, all that I know,

我身所及，于我所习，

There's nothing here to run from,

潜礁暗壁，何以隐匿，

Cause, yeah, everybody here's got somebody to lean on.

惺惺惜惜，山水傍依。

（注：英文歌对应的中文歌词，引用于网友的翻译）

祖辰依然送我到房门前。

"不会舍不得吗，"他问，"这段因为你我而存在的时间。"

"还没彻底拍完呢，故事还没走到结尾。"

"回国之后你就不用再去剧组了，最后那段路，我想自己走完。"

我点点头，转身掏出门卡，他也准备去往另一个方向。

"那件事，是我想再给我们一个机会做选择，"我知道他说的是之前的照片风波，"虽然方法自私了点。"

他突然回身走近，狠狠地把我抱在怀里。

"还是一样的结果，这下，我甘心了。"

如果，爱情是一般意义上我们能够给予彼此的维系，那么，我宁愿跟你交换自由。

"鹿一冉，再见。"

我看着他的背影消失在走廊拐角，在心里默默对他说再见。希望今后的每一场告别都是晴朗，每一次分离都没有互相亏欠。

我打开房门，灯亮着，行李架上放着大大的旅行箱。已经9个月大的穆予恩坐在床上兴奋地挥动着小熊，我简直要高兴疯了冲上去把她抱起,深深的呼吸着她身上单纯而温暖的味道。穆子维从洗手间出来,手里端着一大盘洗好的葡萄。

"赶紧的媳妇儿,你最爱的那口,特甜!"

我终于找到了自己。

爱情属于欲,它并不神圣。幸福或不幸,都是必然的结局,只是最终圆满的那些被艳羡,离散的那些被从开始归咎为错误。其实任何相遇和别离都是平常的岔口,向左或向右,不过是靠自己把选择的路走下去,无需怨恨,无须亏欠。

二〇一六年十月二十七日
于北京

后记

故事是不会结束的。

只是人们喜欢在看似圆满的瞬间画下句点,好像未来也会从此一马平川。

这本书从开始到结尾,从标注的日期上看,跨越了几乎一年的光景,可事实上真正坐下来写的时间只有一个月中的每天五六个小时。剩下的那些日子,我陷在生活里浑浑噩噩地顶着头向前走,不知道每天在焦虑些什么、害怕些什么、渴望些什么,时常埋怨别人,也讨厌自己,好像天生被这个世界和命运亏欠,对一切都无法满意。

这样的情形一直持续了许久,直到我每天看着天一点点亮起来就会感到绝望,对自己曾经积攒的所有信心和认可全部被庸碌消耗殆尽。于是我躲了起来,几乎跟外界失去了关联,在不被日光照射的地方,脑海中无限演绎着每况愈下的悲剧,静默而隐忍地腐烂。

生活是特别势利的存在,它需要你做一个积极向上的人,最好时时刻刻为它制造欣欣向荣的景象。如果你总是打起精神，和它保持热络，就不会缺乏来来往往的各种机会——工作、爱情、朋友、财富……各种可能性让内心轻易就被满足感充满，令人觉得干劲十足。而若是你渐渐从一个小圈子、小链条中抽身，继而缺席一个个聚会，直到缺席一整个群体，被所有人遗忘。任凭你在社交网络上发布些什么了不起的大事，也不会被人关注。那些处心积虑编撰的文字和精心修饰的图片，甚至不如那些天天热热闹闹的人发出的一个感叹词来得受欢迎。而当你觉得失落，想要重回那个熙熙攘攘的世界，却要重新从边缘开始努力，一层层地向核心挤进去。谁让你自暴自弃来着，所以活该受到寂寞的惩罚。

在越来越安静的周边以至于越来越安静的心里，曾经发生的景象开始愈发清晰地浮现。许多曾经被忽略的人和情感会回光返照般地到来，诉说着当时的被怠慢。对当下不满意的人总是喜欢重温过去，哪怕是不幸福的，至少能够在自己的掌控范围之内安全地抚慰自己，寻找在活着的感觉。

10个月后，当我重新看到自己写下的故事开头，不禁觉得值得用自己正在被荒废的时光，把这些已经被荒废的故事记录下来。它们已经不再是当初的样子，很快也就会变成模糊的影子无法再被凭吊。于是，我心中的感受已经和当时单纯想写个故事的心态截然不同，我也许更加诚实，也许只是想在清醒的边缘阻挡过去，把一切都变成想给自己留下记忆的那个样子。

书里的每一个人都与我面对面坐了许久，才接受我的条件开口与我交谈。他们都是自己人生的主角，却在我这里变成一个个暧昧不明真假难辨的过客。我尽量不带情绪地不去评判是非对错，只是单纯地陈述，让一切都变得可被理解和接纳。既然不愿再带着他们一同上路，就不要留下任何爱恨标签。

我需要在混乱中借助过去和他人来看清，给自己力量或带来更多希望的破灭，这样也许我能以一个新的平衡重新找到出发点，不再固执和纠缠。人总是在更加清楚了解自己的力量之后变得谦卑，也更能感知到幸福。

后来我觉得，其实孤独那么一阵总比一直应接不暇要来得幸运，你可以把这看作一个局外人的自欺欺人，但我依然认为缓慢静默的坚定比虚假繁荣的消耗走得更远。生活归根结底是自己的，关起房门之后，还剩下些什么，还能思考些什么，心中是否安宁而清明，才是无法取代的真实。派对总会散场，热闹是所有人的，转身时总不能落得一无所有。

经过了那段日子，我更加感恩和珍惜一些人。那些虽然许久未联系，却在第一时间站出来挺我的朋友，和始终在我身边，无论多么疯狂和不堪都随时坚定张开的那个怀抱。这些让我觉得自己所经历的不都是虚空，让我觉得世间还有单纯的善意残存。

这是我即将迈入三十岁的最后一年，于是我在漫长的混乱和整理过后顺势做了两个决定：第一个是将写下的这些文字出版成册，即便最终不被很多人看到，也是给之前的人生做了个干干净净的了断，也免得因为看不清，所以总觉得自己好像经历过多么了不起的人生。这样我就可以安心地去做第二个决定，那就是嫁作人妇。这本书是我最好的嫁妆，让我坦然而心安理得地接纳妻子这个角色。我想让我的婚姻稳妥而没有意外地持续到我死去，很多故事我宁可自己讲给我先生来听。

感谢我自己，没有向任何理由和境况屈服由此将自己折算成抵抗现实的筹码，才换得今日的甘之如饴。

感谢我先生，他给予我的底气，让我能够从容地面对生活。我认为这是一个男人能够给他的女人最重要的东西，它能够支撑两个人走过足够长和不一样的时光。

最后，因为人生的四分之一都在冬天，所以，感谢所有未离开和花常在。